U0012152

大是文化

わかりやすい順番で
【10日間】学び直し高校英語

10天救回高中英文

國中沒學好，從此跟不上？
用你一定可以理解的順序編排，速學技巧，學校搶著用。

日本文科省審定英文教科書指定作者、30年英語教學經驗
岡田順子——著
李友君——譯

CONTENTS

第3天 不用出國就有的道地語感：助動詞、被動語態

CONTENTS

第4天 句子主詞這樣找，文法即戰力

第5天 強化口語能力的關鍵：補語

第6天 救回高中英文的基本功：受詞

CONTENTS

第7天 說出一口流利英文：修飾語①

第8天 說出一口流利英文：修飾語②

CONTENTS

推薦序 一口流利英文，從學好文法開始

臉書「葳姐親子英語共學」版主／周昱葳

在推動親子英語共學的過程中，我發現家長分成兩派，一派是自然學習派，也就是透過大量閱讀，讓孩子學習英文；另一派則是考試派，在意的就是文法。

在陪伴孩子學習英文的過程中，我也發現到，有些孩子天生歸納能力強，可以從海量閱讀學習到文法的種種邏輯與規則，但有些孩子卻無法做到。

舉例來說，我的小孩，明明可以閱讀數十萬字的《混血營英雄》（*The Heroes of Olympus*）系列，卻還是經常因為文法上的錯誤，無法在學校考試拿到滿分。例如：「Its ears is short.」，正確的寫法應該是「Its ears are short.」，但動詞用is或are，在閱讀文章時，學生根本不會去注意，因為無論用is或are都不影響學生對於這句話的理解；甚至前面的主詞寫的是ear或ears，也都不會改變這句話的中文翻譯。但在寫作或是考試時，就會讓學生陷入天人交戰：到底是is還是are？（請參閱第26頁。）

因為我們不是母語者，文法並非自然而然就可以學會，還是要透過有系統的學習方式才能掌握精準文法，這

不僅對於閱讀大有幫助，對於英文寫作更是重要的基石。錯誤的文法會導致溝通錯誤。例如：「He is bored.」（他感到無聊）跟「He is boring.」（他這個人很無聊）。用錯過去分詞bored跟現在分詞boring，就差很大了！

如果只會閱讀，卻無法細究文法，在臺灣的考試制度下會非常吃虧。尤其以近幾年國中會考英文題目而言，往往是答錯1到2題就差了一個＋。所以，我認為這兩者如果可以取得平衡，那麼孩子的英文實力就無堅不摧了！

而岡田順子的這兩本書《7天救回國中英文》與《10天救回高中英文》，有系統、有架構的把最基本、最常見的文法概念整理出來，循序漸進透過例句、插圖、表格，讓孩子一目了然，並且搭配實戰練習，檢測學習者是否對於該文法觀念已徹底理解。

無論你現在是處於什麼年級、階段，都可以從《7天救回國中英文》開始閱讀，審視自己的文法基本功是否扎實；再進一步鑽研《10天救回高中英文》。務必把這兩本書的文法觀念摸熟、摸透，再將書中提到的文法觀念，於日常閱讀中細細觀察，動手將該文法觀念實作於英文寫作的練習上。如此一來，無論是哪一個面向的英文挑戰，都再也難不倒你！

那些年沒讀懂的高中英文，10天救回

這本書是寫給所有曾經學過國中英文，**現階段想要提升英文理解力與溝通力**的高中生、大學生，乃至社會人士看的。

很多人都有「高中英文很難」的既定印象，其實只要把國中英文的基礎打好，高中英文根本不是什麼難題。

比如高中英文會學到的「過去完成式」，只要弄懂國中英文教過的「現在完成式」，就會發現兩者的差異只是將時態從「現在」變成了「過去」，弄懂這一點後，學起來就輕鬆了。

即便是號稱高中英文最難關卡的假設語氣也一樣，只要牢記國中階段學到的「If～, S ＋ V」句型，就不需要花太多時間學習。

從學習目標來看，國中英文是要學會描述周遭事物的能力，高中英文則是**以能更進一步深度溝通為目標**，像是針對某個問題，說出和寫出自己的意見，或是傾聽、揣摩對方的意見等。

本書教授的乃是實用性高、適合溝通時使用的英文，希望各位閱讀過後，能夠靈活運用本書所學於聽說讀寫之中，多用英文發揮表達力。

按各詞類功能學習，秒懂高中英文文法

特色一，本書架構並不採用教科書的編排順序，而是**按用途排序**。之所以不參照一般課程的設計，是因為筆者基於超過30年的英語教學經驗，認為應該從最淺顯易懂的部分切入，由淺入深，循序漸進，方能學好高中英文。

至於具體架構，則是安排在第1天學完最基礎的5大句型之後，再介紹主詞、補語、受詞、修飾語以及其他造句的要素，重點式學習英文組成句子的各個部分。

特色二，就如同前面提到的表達力，本書準備了許多**口語及寫作表達**練習題。就連以前讓人感到棘手的分詞構句和假設語氣，現在也能用來表達自己的想法，這就是本書的目標。

此外，雖然本書預設的讀者群是已經熟悉國中英文的人，但依然提供了「文法術語快速回顧」（第15頁），方便忘記的人複習。

本書將學習計畫分為10天進行，不過有些內容或許讀者一天內學不完，有些內容則是不用一天就能輕鬆結束。以「天」為單位，其實只是提供讀者參考，各位不妨按照自身的學習情況去調整進度。

衷心期盼各位想要精通高中英文的讀者們，在讀完本書後，都能實際感受到自己英文能力的提升，相信再也沒有比這更值得讓人高興的事了。

文法術語快速回顧

這裡收集了本書會用到的英文文法術語，簡介其定義和用法。讀者若於往後的學習過程中產生疑問，隨時可翻閱本篇複習。

基礎文法術語

主詞（Subject）

用來表示**執行動作的主體，相當於句子當中的「～是」、「～為」**。

動詞（Verb）

在英文句子當中，必定包含主詞和動詞，而且動詞必須配合主詞去變化成各種形式。本書所提到的「動詞」，**泛指放在主詞後面的述語動詞**[1]（在肯定句的情況下）。如果是助動詞＋動詞，或其他不止一個單字的情況時，也會

1：英文句子由主部（subject）和述部（predicate）組成。主部是句子的主題，以主詞為中心。述部則是用來說明主部的行為和狀態，其中的動詞就叫作述語動詞。例如：「The little girl likes to play the doll.」，The little girl是主部，girl是主詞；likes to play the doll是述部，句中的動詞likes就是述語動詞。

將「助動詞＋動詞」視為一體，以「動詞」來表示。

補語（Complement）

用來補充說明主詞或受詞是什麼樣的人事物，或是具有什麼特性的詞句。

受詞（Object）

接在動詞的後面，是**動詞動作的接受者**。

修飾語（Modifier）

主詞、動詞、補語、受詞以外，專門用來**替句子增加資訊**的詞句。有時只有一個單字，有時會有兩個以上的單字，所以稱為修飾語。

詞類術語

簡單來說，詞類就是英語的詞性種類。若把英語的句子比喻成製品，那麼單字就是製造句子用的零件。唯有妥善組裝各類型零件，才能製造出正確的句子。英語零件的種類共有10種，有的彼此會組合，有的則不會。

名詞（Noun）

名詞是指人、事或物的名稱。比如teacher（老師）、river（河流）、rose（玫瑰）、rice（米飯）、computer（電腦）及happiness（幸福）等。在5大基本句型中（第36頁），可以作為主詞、補語或受詞之用。

動詞（Verb）

動詞**表示人事物的動作或狀態**。例如run（跑）、write（寫）、have（擁有）、know（知道），其中又分為一般動詞和be動詞，往往是5大基本句型中整個句子述語的核心。

形容詞（Adjective）

形容詞是**表達人事物的性質或模樣的詞句**。就如a beautiful flower（美麗的花朵）一樣，發揮修飾（說明）名詞的作用。

另外，在「This bag is heavy.」（這個包包很重）這類的句子中，形容詞發揮補語的作用。

副詞（Adverb）

用來**修飾（說明）名詞以外的一切詞語**，又可分為地方副詞、時間副詞、程度副詞及頻率副詞等類型。比如以下用法：

I went there.（我去過那裡。）

I always stay at home on Sundays.

（我每個星期日總會待在家裡。）

代名詞（Pronoun）

用來代替名詞的詞彙，比如「這」、「那些」、「你」、「他們」等。作用與名詞相同，在5大基本句型中，可以當主詞、補語或受詞。

冠詞（Article）

放在名詞前面，用以**表示該名詞是特定或不特定之物，如a、the**。

助動詞（Auxiliary Verb）

放在動詞前面的詞彙，**為動詞加上說話者的心情和判**

斷，如can（可以）、may（或許）及should（應該）等。

介系詞（Preposition）

放在名詞和代名詞的前面，用來表示前後詞彙之間的關係。以中文來說，通常就是「**在、於、從、向**」。

比如in summer（在夏天）、by the door（在門的旁邊）及at 11:00（在11點）等。

連接詞（Conjunction）

用來**連接單字和單字，或句子和句子**之間的詞句。比如以下的用法：

English and math.（英語和數學。）

I got up early, but I couldn't catch the first train.
（我很早起床，卻沒能趕上第一班火車。）

Because it was raining hard, I was late for school.
（雨下很大，所以我上學遲到了。）

感嘆詞（Interjection）

如oh、wow、ah，及其他表達說話者情緒的詞句。

名詞、名詞片語、名詞子句

將**兩個以上的單字合而為一**，就稱為「片語」或「子句」。片語的特色在於其中沒有主詞和動詞，子句則是其中**有主詞和動詞**。

以下舉例說明名詞、名詞片語及名詞子句。

I don't know the man.
名詞

→ 我不認識這個男人。

I don't know what to say.
名詞片語

→ 我不知道該說什麼。

I don't know whether he is honest.
名詞子句

→ 我不知道他是否誠實。

what to say當中沒有主詞和動詞，屬於名詞片語；whether he is honest有主詞和動詞，屬於名詞子句。

從上述例句可以看出，片語和子句都緊接在know的後面（在5大基本句型中，就是作為受詞之用），使用方法就和名詞一樣。

形容詞、形容詞片語、形容詞子句（即關係子句）

片語和子句在形容詞中的規則也一樣。

I want to drink something cold.

形容詞

→ 我想喝點冷飲。

形容詞通常會像a beautiful flower一樣，放在要修飾的詞彙前面，但若遇到something、anything、nothing及其他以thing結尾的名詞時，形容詞則會**放在要修飾的名詞後面**。

I have a lot of books to read.

形容詞片語

→ 我有很多書要看。

上方例句也一樣，to read放在後面，用來修飾前面的名詞books。由於**沒有主詞、動詞**，所以是形容詞片語。

I have many pictures which were taken in Kenting.
形容詞子句

→ 我有很多在墾丁拍攝的照片。

上面例句中的which were taken in Kenting，也是用來說明前面的名詞pictures。**由於有主詞和動詞，所以是形容詞子句**（前面會有一個關係代名詞或關係副詞）。

副詞、副詞片語、副詞子句

片語和子句在副詞當中的規則也是一樣。

He gets up early.
副詞

→ 他很早起床。

上面例句中的副詞early（很早），就是用來說明動詞gets up（起床）。

He went to New York to study art.

副詞片語

→ 他曾去紐約學習藝術。

同樣的，上面例句中的 to study art（學習藝術）是在說明動詞 went（曾去）。由於沒有主詞和動詞，所以是副詞片語。

He goes to school by bus when it rains.

副詞子句

→ 下雨天他都搭公車上學。

至於上面例句中的 when it rains（下雨天），則是在說明及修飾動詞 goes（去）。**由於有主詞和動詞，所以是副詞子句**。

第 1 天

複雜英文，這樣拆解就秒懂：動詞和 5 大基本句型

好的，我們終於要開始高中英文了。

今天是第 1 天，我們要先來溫習英文中最不可或缺的動詞，並且學習如何將以往學到的英文，拆解成 5 大基本句型。

無論再怎麼複雜的英文句子，都可以套用 5 大基本句型中的任何一種。

今天就學會這個！

- ☑ **簡單的 be 動詞。**
- ☑ **簡單的一般動詞。**
- ☑ **能套用句型，寫出和說出正確的英文。**

1 動詞

在英文的句子中，必定會有一個「**主詞**」和「**述語動詞**」，而作為「述語動詞」核心的「動詞」大致可分為兩種，就是**be 動詞**和**一般動詞**。在此，我會先說明be動詞的句子。

另外，每個例句的詞句上方都會標註主詞、動詞、補語或修飾語等名稱，這涉及到後面要學的英文主要骨架的句型（第36頁），之後會再詳細說明。

be 動詞的句子

首先，請看下面的英文。

主詞　述語動詞　補語

① **He　is　an interpreter.**

→ 他是口譯員。

主詞　述語動詞　補語

② **He　is　tired.**

→ 他很累。

以下將**述語動詞**簡稱為動詞。

如上述例句所示，be動詞的作用之一，是將主詞和補充說明主詞的補語**畫上等號**。也就是說，He = an interpreter、He = tired。

不過，be動詞還有另外一個作用。

主詞 動詞 修飾語 修飾語

③ **She is at home now.**

→ 她現在在家。

主詞 動詞 修飾語 修飾語

④ **My sister was in Nantou yesterday.**

→ 我姊姊昨天在南投。

主詞 動詞 修飾語

⑤ **My bag is on the table.**

→ 我的包包在桌上。

當代表「**場所**」的修飾語放在be動詞後面時，可用來表達「**在～**」的意思。

這種時候，就算中間夾著be動詞，She = at home和My sister = in Nantou也無法成立。

一般動詞的句子

接著，我們來看一般動詞的句子。

主詞　動詞　修飾語

① **You sing very well.**

→ 你唱得非常好。

主詞　動詞　受詞　修飾語

② **Mr. Wang eats lunch at 12:00.**

→ 王先生在 12 點吃午餐。

包括上述的 sing 和 eats，舉凡 **be 動詞以外的所有動詞**都稱為一般動詞，代表「**做什麼**」的含意。

這個類型的動詞非常多，包括have（擁有）、walk（行走）、study（學習）、see（看）、visit（拜訪）、wear（穿上）和feel（感覺）等。

與be動詞作用相同的一般動詞

在一般動詞中，**有些詞彙與be動詞的作用相同**。

主詞 動詞 補語

① **You look happy.**

→ 你看起來很高興。

主詞 動詞 補語

② **She became a cook.**

→ 她成了廚師。

現在，請試著將這兩個句子的動詞look和became，換成be動詞。

主詞 動詞 補語

③ **You are happy.**

主詞 動詞 補語

④ **She was a cook.**

換成be動詞之後，句子依然可以成立，就表示這兩個動詞的作用與be動詞相同（請參照第38頁的句型2）。

不及物動詞和及物動詞

另外，一般動詞又可細分為「及物動詞」和「不及物動詞」。

前者會在動詞後面緊接受詞，作為動詞動作的接受者，後者則不接任何受詞。

主詞 動詞

① **They didn't move.**

→ 他們沒有移動。

主詞 動詞 受詞

② **They moved the piano.**

→ 他們移動了那架鋼琴。

這兩個例句都用了move，但例句①的move後面**不接任何受詞**，屬於**不及物動詞**。例句②的moved則**有 the piano 緊接在後**，作為動作的接受者，屬於**及物動詞**。

不及物動詞
They didn't move.
後面不接受詞
及物動詞
They moved the piano.
後面必須接受詞

有些動詞可以兼作不及物動詞和及物動詞使用，但也有些只能單純當作不及物動詞使用（如go、wait〔等待〕、feel），或是只能當作及物動詞使用（如enjoy、bring〔帶來〕、find〔找〕）。

接下來的及物動詞特別容易和不及物動詞搞混，要小心使用。

主詞 動詞 受詞

③ **We discussed her proposal.**

→ 我們討論過她的提案。

× discussed about her proposal

主詞 動詞 受詞

④ **I attended two meetings.**

→ 我出席了兩場會議。

× attended for two meetings

主詞 動詞 受詞

⑤ **She entered my room.**

→ 她進了我的房間。

× entered into my room（enter into 表示開始進入或從事某一狀態或活動。）

主詞 動詞 受詞

⑥ **I married Kate.**

→ 我跟凱特結婚了。

× married with Kate

狀態動詞和動態動詞

此外，一般動詞也有「**狀態動詞**（Stative Verb，又稱靜態動詞）」和「**動態動詞**（Dynamic Verb）」的區別。狀態動詞是表持續一段時間的動作，動態動詞則是表達一次完整的動作。

	主詞	動詞	受詞	修飾語
①	**I**	**like**	**sports**	**very much.**

→ 我非常喜歡運動。

	主詞	動詞	受詞	修飾語
②	**She**	**writes**	**a letter**	**once a month.**

→ 她每個月寫一封信。

在例句①中，「喜歡」的狀態已經**持續了一段時間**；而例句②中每個月都重複「寫信」，則被視為**一次完整的動作**。

狀態動詞包含 know、love、hope、want、remain（保持）、resemble（類似）等，動態動詞則包含 go、visit、play、study、walk、make、run 等。

原則上，狀態動詞因偏向較抽象的心理或認知狀態，所以不會變成進行式，請牢記這一點（進行式只能用動態動詞）。

接著，我們來複習一下前面教過的文法。下面為各位準備了文法練習，以及複習用的實戰練習。

文法練習・1

將be動詞的句子①（第26頁）、一般動詞的句子①（第28頁）、與be動詞作用相同的一般動詞②（第29頁），分別改寫成否定句和疑問句，並且用Yes答覆疑問句。

〔解答〕

be動詞的句子①

He isn't an interpreter. ／ Is he an interpreter? ／ Yes, he is.

一般動詞的句子①

You don't sing very well. ／ Do you sing very well? ／ Yes, I do.

與be動詞作用相同的一般動詞②

She didn't become a cook. ／ Did she become a cook?／ Yes, she did.

實戰練習．1

將下方的中文翻譯成英文，在每個括弧中填入一個單字。
答案核對完畢後，請試著大聲唸出來。

主詞 動詞 補語
1. (　　)(　　)(　　).
→ 你看起來很累。

主詞 動詞 受詞 修飾語
2. (　　)(　　)(　　)(　　)(　　).
→ 我每個週末都會去看電影。

主詞 動詞 修飾語 修飾語
3. (　　)(　　)(　　)(　　)(　　)(　　)(　　).
→ 我爸爸去年待在加拿大。

主詞 動詞 修飾語
4. (　　)(　　)(　　)(　　)(　　).
→ 我在公園跑步。

〔解答〕
1. You look tired.
2. I watch movies every weekend.
3. My father was in Canada last year.
4. I run in the park.

② 5大基本句型

接下來就要正式進入5大基本句型，終於有高中英文的感覺了吧。其實，英語的句子統統可以套用這5種句型，現在我們就從句型1開始說明吧。

句型1：S＋V

主詞（S） 動詞（V）
① I walk.
→我在散步。

主詞（S） 動詞（V）
② You dance.
→你在跳舞。

主詞（S） 動詞（V）
③ Birds fly.
→鳥兒在飛翔。

上述例句①、②、③，**單憑主詞和動詞就可以成立**。這就是**句型1：「S＋V」**的組合。

主詞的英文是Subject，動詞則是Verb，所以我們根據首字母以「S」代表主詞，以「V」代表動詞。另外，要強調的是在這個句型當中，**必須使用**學到的**不及物動詞**（第30頁）。

雖然句型1單憑主詞和動詞就會成立，不過幾乎所有句子都還會再加上**修飾語**，來說明「何時」、「何地」、「如何」及「為什麼」等。

現在，我們就來看看例句吧。

主詞 動詞 修飾語（何時）

④ **I walk every morning.**

→ 我每天早上都會散步。

主詞 動詞 修飾語（如何）

⑤ **You dance very well.**

→ 你跳舞跳得非常好。

主詞 動詞 修飾語（何地）

⑥ **Birds fly in the sky.**

→ 鳥兒在天空飛翔。

例句④的every morning表示「何時」，例句⑤的very

well表示「如何」，例句⑥的in the sky表示「何地」。像這類即使不存在，句子也能成立的詞語，就叫作修飾語。

修飾語要接幾個都可以，而且無論怎麼接，句型都不會變，例句④、⑤、⑥也依舊是句型1。

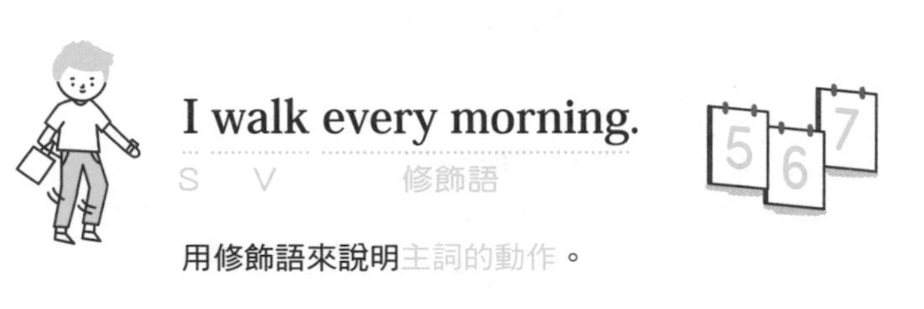

I walk every morning.
S V 修飾語
5 6 7
用修飾語來說明主詞的動作。

句型2：S＋V＋C

句型2是在動詞的後面接上**補語**。補語是用來補充說明**主詞是什麼，或作為主詞的人事物有什麼樣的性質**。「補語」的英文是Complement，通常用首字母縮寫「C」來表示。

這個句型的動詞以be動詞居多，不過就如同第29頁所提到的，在一般動詞當中，也有與be動詞作用相同的其他單字。

主詞（S）　動詞（V）　補語（C）

① I am a carpenter.

→ 我是木匠。

主詞（S）　動詞（V）　補語（C）

② They are baseball players.

→ 他們是棒球選手。

主詞（S）　動詞（V）　補語（C）

③ You look hungry.

→ 你看起來很餓。

與句型1不同的是，句型2要是沒有補語的話，句子就無法成立。

× I am.　× They are.　× You look.

必須加上補語，才能讓「**主詞＝補語**」的關係成立（I＝a carpenter、They＝baseball players、You＝hungry），這就是句型2。

不覺得這種關係好像先前在哪裡看過嗎？沒錯，在「be動詞的句子」（第26頁）和「與be動詞作用相同的一般動詞」（第29頁）中的例句，都屬於句型2。

另外，句型2也會接修飾語（要接幾個都可以）。

	主詞	動詞	補語	修飾語
④	**I**	**was**	**a taxi driver**	**for 30 years.**

→ 我當了30年的計程車司機。

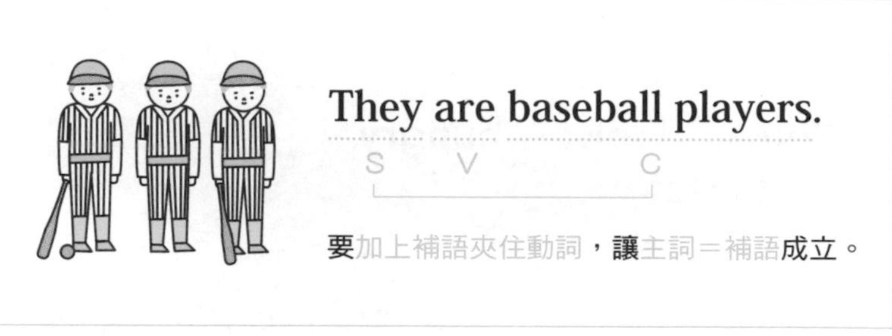

They are baseball players.
S V C
要加上補語夾住動詞，讓主詞＝補語成立。

句型2可以使用的動詞，除了be動詞之外，還包括下面所列出來的：

表示「持續～；仍是～」（stay、remain、keep等）

	主詞	動詞	補語	修飾語
⑤	**He**	**stayed**	**awake**	**all night.**

→ 他整晚都醒著。

主詞　動詞　補語　修飾語

⑥ **It　will remain　cold　for a week.**

→ 天氣將會持續寒冷一個星期。

主詞　動詞　補語　修飾語

⑦ **We　kept　quiet　in the library.**

→ 我們在圖書館裡要保持安靜。

表示「看起來～」（look、seem、appear 等）

主詞　動詞　補語

⑧ **She　seems　sick.**

→ 她似乎生病了。

主詞　動詞　補語

⑨ **The man　appears　rich.**

→ 這個男人看起來很有錢。

表示「變成～」（become、get、grow、turn 等）

主詞　動詞　補語

⑩ **It　got　dark.**

→ 天色變暗了。

主詞 動詞 補語

⑪ **She grew old.**

→ 她逐漸老去。

主詞 動詞 補語 修飾語

⑫ **The leaves turn red in fall.**

→ 秋天葉子會變紅。

感官動詞（taste、smell、sound、feel 等）

主詞 動詞 補語

⑬ **This tastes hot.**

→ 這個嚐起來很辣。

主詞 動詞 補語

⑭ **This rose smells sweet.**

→ 這朵玫瑰聞起來很香。

主詞 動詞 補語

⑮ **That sounds great.**

→ 那聽起來很棒。

主詞 動詞 補語 修飾語

⑯ **I feel good today.**

→ 我覺得今天心情很好。

其實，類似這樣的句子還很多，在學習的過程中，我們要逐一背下來，並且試著去應用。

接著，我們就來複習句型1及2。請試著回答下列問題來檢測你的理解程度，並且要反覆練習到能夠快速回答為止！

文法練習・2

將句型1：S＋V⑤（第37頁）、句型2：S＋V＋C②（第39頁）和⑤（第40頁），分別改寫成否定句和疑問句，並且以Yes答覆疑問句。

〔解答〕

句型1：S＋V⑤

You don't dance very well. ／

Do you dance very well? ／ Yes, I do.

句型2：S＋V＋C②

They aren't baseball players. ／

Are they baseball players? ／ Yes, they are.

句型2：S＋V＋C⑤

He didn't stay awake all night. ／

Did he stay awake all night? ／ Yes, he did.

實戰練習・2

將下方的中文翻譯成英文，並在每個括弧中填入一個單字。答案核對完畢後，請試著大聲唸出來。

主詞 動詞 修飾語

1. ( )( )( )( ).

→ 我住在墾丁。

主詞 動詞 補語

2. ( )( )( ).

→ 我們保持了（kept）沉默（silent）。

主詞 動詞 補語 修飾語

3. ( )( ) a ( )( )( )( ).

→ 她 10 年前曾是歌手。

主詞 動詞 修飾語 修飾語

4. ( )( ) to ( )( )( ).

→ 他騎腳踏車（by bike）上學。

〔解答〕

1. I live in Kenting.
2. We kept silent.
3. She was a singer ten years ago.
4. He goes to school by bike.

句型3：S＋V＋O

接下來要介紹的是句型3。句型3必須將受詞放在動詞後面，當作**動詞動作的接受者**。

「受詞」的英文是Object，所以用首字母「O」縮寫來代表。

	主詞（S）	動詞（V）	受詞（O）
①	**I**	**bought**	**a computer.**

→ 我買了一部電腦。

	主詞（S）	動詞（V）	受詞（O）
②	**My sister**	**met**	**her old friend.**

→ 我妹妹遇見了她的老朋友。

在例句①當中，「購買」這個動作的承受對象（也就是購買的物品」）是電腦，所以電腦就成為了受詞。

此外，**句型3的動詞必須是及物動詞**。這個句型和其他句型一樣，有時後面會接修飾語。

主詞 動詞 受詞 修飾語

③ **I cleaned my room yesterday.**

→ 我昨天打掃了自己的房間。

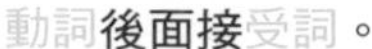

I bought a computer.

S V O

動詞後面接受詞。

句型4：S＋V＋O＋O

其實，句型4就是**以句型3為基礎，多加了一個受詞**的句型。

句型4可表達的意思，大致上是：「人」（主詞）「給予／買給／做給／送給／讓……看」「人」（受詞1）「物」（受詞2）。

主詞（S） 動詞（V） 受詞（人） 受詞（物）

① **I gave Tom a book.**

→ 我給了湯姆一本書。

主詞（S） 動詞（V） 受詞（人） 受詞（物）

② **My father bought me a watch.**

→ 我爸爸買給我一支手錶。

I gave Tom a book.
S V O←—O
主詞把受詞2（物）給了受詞1（人）。

在及物動詞中，動詞後面會放兩個受詞，而且**順序一定是先「人」再「物」**。

如果想要改變順序，就必須變成「物 to／for 人」，形式就會變成句型3的「S＋V＋O」再接上修飾語。

主詞 動詞 受詞 修飾語

③ **I gave a book to Tom.**

主詞 動詞 受詞 修飾語

④ **My father bought a watch for me.**

不過，要怎麼分辨是該用to，還是用for呢？嚴格說起來，應該要求大家把所有動詞都一一背下來才對，但這裡還是教各位概略區分的方法吧！

請記住，只要人（主詞）**不必花費任何心思在物**（受詞2）時，就**使用to**（如give、send、show等）；倘若人（主詞）**必須費心準備物**（受詞2）時，就**用for**（如buy、make、cook等）。

在介紹句型5之前，要請大家先複習句型3和句型4，並且試著回答以下的問題。

文法練習・3

將句型3：S＋V＋O③（第46頁）、句型4：S＋V＋O＋O①（第46頁）和④（第47頁），分別改寫成否定句和疑問句，並且用Yes來答覆疑問句。

〔解答〕

句型3：S＋V＋O③

I didn't clean my room yesterday. ／

Did you clean your room yesterday? ／ Yes, I did.

句型4：S＋V＋O＋O①

I didn't give Tom a book. ／

Did you give Tom a book? ／ Yes, I did.

句型4：S＋V＋O＋O④

My father didn't buy a watch for me. ／

Did your father buy a watch for you? ／ Yes, he did.

實戰練習・3

將下方的中文翻譯成英文，並在每個括弧中填入一個單字。答案核對完畢後，請試著大聲唸出來。

主詞 動詞 受詞 修飾語

1. (　　)(　　)(　　)(　　)(　　).

→ 我每天學習中文。

主詞 動詞 受詞 受詞

2. (　　)(　　)(　　)(　　)(　　).

→ 我的媽媽做了沙拉給我。

主詞 動詞 受詞 受詞

3. (　　)(　　)(　　) a (　　).

→ 我買給（bought）她一個包包。

主詞 動詞 受詞 修飾語

4. (　　)(　　)(　　) on (　　).

→ 肯在星期日打網球。

〔解答〕

1. I study Chinese every day.
2. My mother made me salad.
3. I bought her a bag.
4. Ken plays tennis on Sunday.

句型5：S＋V＋O＋C

接下來，終於輪到句型5了！今天的課程就快要結束了，大家要再加把勁。

句型5要表達的意思，大多是：**人事物（S）覺得／造就／讓（V）受詞（O）成為補語（C）**。

	主詞（S）	動詞（V）	受詞（O）	補語（C）
①	**I**	**call**	**him**	**Tom.**

→ 我叫他湯姆。

	主詞（S）	動詞（V）	受詞（O）	補語（C）
②	**I**	**found**	**this book**	**interesting.**

→ 我覺得這本書很有趣（按：此句型用來表達自己的想法）。

	主詞（S）	動詞（V）	受詞（O）	補語（C）
③	**The news**	**made**	**me**	**sad.**

→ 這則新聞讓我難過。

句型5的特徵在於「O＝C」的關係是成立的。所以，例句①的him＝Tom，例句②的this book＝interesting，例句③的me＝sad。在這裡，補語是為了補充說明受詞的狀況，所以又稱為「受詞補語」（Object Complement；簡稱 O.C.），和句型 2 直接用來補充說明主詞狀況的補語不同。

那麼，就利用這個句型，將常用的動詞連同例句一起學起來。雖然數量繁多，卻擁有某種程度的規律，請利用這一點背下來。

call 類

比如把 O 稱為 C（call）、把 O 取名為 C（name），或選 O 擔任 C（elect）等。

	主詞	動詞	受詞	補語
④	I	named	the dog	Pochi.

→ 我把這隻狗取名為波奇。

	主詞	動詞	受詞	補語
⑤	**We**	**will elect**	**him**	**captain.**

→ 我們將選他當隊長。

think 類

比如認為O是C（think、consider），或發現O是C（find）等。

	主詞	動詞	受詞	補語
⑥	**She**	**thinks**	**herself**	**a great artist.**

→ 她認為自己是一個偉大的藝術家。

	主詞	動詞	受詞	補語
⑦	**I**	**found**	**the book**	**useful.**

→ 我發現這本書很有用。

	主詞	動詞	受詞	補語
⑧	**I**	**consider**	**her**	**honest.**

→ 我認為她很誠實。

make 類

比如讓O變C（make、get）、把O維持C（keep），或任由O成為C（leave）等。

	主詞	動詞	受詞	補語
⑨	You	must not get	your clothes	dirty.

→ 你絕對不能讓你的衣服變髒。

	主詞	動詞	受詞	補語
⑩	She	left	the kettle	boiling.

→ 她任由水壺沸騰不管。

	主詞	動詞	受詞	補語
⑪	He	kept	his room	clean.

→ 他把自己的房間維持得很乾淨。

最後，讓我們來複習一下剛剛學過的內容，作為今天的總結。

文法練習・4

將句型5：S＋V＋O＋C①（第51頁）、⑤及⑥（第53頁），分別改寫成否定句和疑問句，而且要用Yes來答覆疑問句。

〔解答〕

句型5：S＋V＋O＋C①

I don't call him Tom. ／

Do you call him Tom? ／ Yes, I do.

句型5：S＋V＋O＋C⑤

We won't elect him captain. ／

Will you elect him captain? ／ Yes, we will.

句型5：S＋V＋O＋C⑥

She doesn't think herself a great artist. ／

Does she think herself a great artist? ／ Yes, she does.

實戰練習・4

將下方的中文翻譯成英文，並在每個括弧中填入一個單字。答案核對完畢後，請試著大聲唸出來。

主詞 動詞 受詞 補語

1. ( )( ) the ( )( ).

→ 我任由門開著不管。

主詞 動詞 受詞 補語

2. ( )( )( )( ).

→ 我們覺得數學很難（difficult）。

主詞 動詞 受詞 補語

3. ( )( )( )( )( ).

→ 我的祖母幫我取名為曼蒂。

主詞 動詞 受詞 補語

4. ( )( )( )( )( ).

→ 我爸爸把晚餐準備（ready）好了。

〔解答〕

1. I left the door open.
2. We found math difficult.
3. My grandmother named me Mandy.
4. My father got dinner ready.

章末測驗

閱讀下面的對話小短文，將其中的中文句子翻譯成英文，並在底下的括弧中填入正確的單字。核對答案完畢後，請試著大聲唸出全文數次。

A: ①（我去了臺南）during the summer vacation.

B: Oh, did you? You know, ②（我來自臺南。）

A: Lucky you! You're from such a beautiful city.

B: Yes. I love Tainan.

A: I visited Sicao Green Tunnel. ③（我發現它很美。）
④（我在那裡拍了很多照片。）
⑤（我買了伴手禮給你。）

B: Oh, thank you.

主詞　動詞　修飾語

①. (　　)(　　)(　　)(　　)

主詞　動詞　修飾語

②. (　　)(　　)(　　)(　　).

主詞　動詞　受詞　補語

③. (　　)(　　)(　　)(　　)(　　).

主詞　動詞　受詞　修飾語

④. (　　)(　　)(　　)(　　)(　　).

主詞	動詞	受詞		受詞

⑤. (　　)(　　)(　　)(　　)(　　).

〔解答〕

①. I went to Tainan

②. I am from Tainan.

③. I found it very beautiful.

④. I took many pictures there.

⑤. I bought you a souvenir.

〔章末測驗全譯〕

A:　我暑假去了臺南。

B:　噢，你去了嗎？你知道的，我來自臺南。

A:　你真幸運！你來自這麼美麗的城市。

B:　是的，我愛臺南。

A:　我參觀過四草綠色隧道。我發現它很美。
　　我在那裡拍了很多照片。
　　我買了伴手禮給你。

B:　噢，謝謝你。

第 2 天

例句×圖解！速學 12 種時態變化

今天要談的是國中英文也曾學過的動詞時態變化。英文時態的觀念和中文不同，使用適當的時態來表達，是了解英文這門語言的一大關鍵。如果你已經忘了國中英文的內容，也無須擔心，邊看邊複習就是了。

今天就學會這個！

- ☑ 能寫出和說出國中學過的時態句。
- ☑ 能參考例句，寫出和說出未來進行式、過去完成式和未來完成式等時態的英文句子。

1 現在簡單式和現在進行式

現在要來介紹英文中最基本的時態，也就是現在簡單式和現在進行式。首先從現在簡單式開始。

現在簡單式：表狀態、習慣、不變的事實

現在簡單式主要有3種用法。第一種用法是表達作為主詞的人事物「**現在的狀態**」。

主詞 動詞 補語

① **She is sick.**

→ 她生病了。

主詞 動詞 受詞

② **I resemble my mother.**

→ 我很像我媽媽。

例句①表達了作為主詞的She正處於「生病」的狀態，例句②表達了作為主詞的I「很像媽媽」的狀態。

現在簡單式的第二種用法，是表達**作為主詞的這個人「現在的習慣」**。

主詞 動詞 受詞 修飾語

③ **I play tennis on Sundays.**

→ 我每個星期日都會打網球。

例句③表達了主詞I「每個星期日都習慣打網球」。現在簡單式的最後一種用法，是用來表達「**不變的事實**」。

主詞 動詞 修飾語

④ **The sun rises in the east.**

→ 太陽從東邊升起。

由於太陽從東邊升起是「不變的事實」，所以要用現在簡單式表示。

現在進行式：「現在正在做～」

現在進行式是以「**主詞＋be動詞＋現在分詞（V-ing）**」組成一個動詞（述語動詞）。

前面曾提過，英語的句子當中都會有一個主詞和一個動詞，不過動詞後面加ing，又稱為「現在分詞」（V-ing），並**沒有動詞的功能**，在句中發揮動詞功能的乃是be動詞。現在進行式意味著「現在正在做～」，用來表示**現在正在進行中的動作**。

主詞	動詞	受詞	修飾語
He	is playing	soccer	now.

① He is playing soccer now.

→ 他現在正在踢足球。

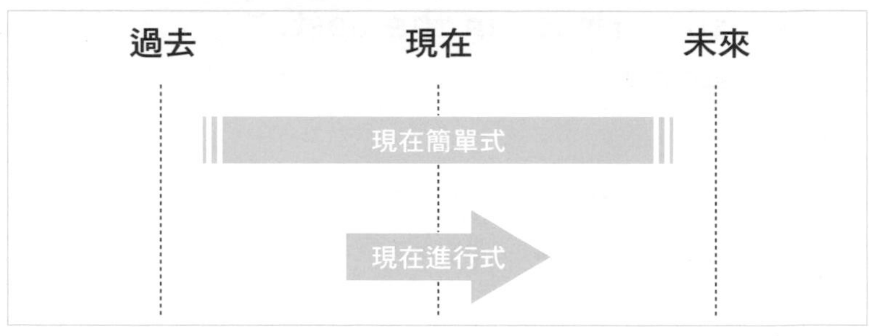

② 過去簡單式和過去進行式

相信大家剛開始練習英文造句時，應該花了不少時間學習過去簡單式吧？現在就來介紹過去簡單式。

過去簡單式：發生在過去的事

過去簡單式的用法大致可以分為兩種。

	主詞	動詞	受詞	修飾語
①	**My family**	**visited**	**Tokyo**	**last summer.**

→ 我的家人去年夏天造訪了東京。

	主詞	動詞	修飾語	修飾語
②	**I**	**went**	**to Australia**	**last year.**

→ 我去年去了澳洲。

這種過去簡單式的用法，是為了說明「**過去僅僅發生過一次的事情**」。

至於第二種用法，舉例如下：

③ We (主詞) played (動詞) the guitar (受詞) on Sundays. (修飾語)

→ 我們以前每個週日都會彈吉他。

④ They (主詞) watched (動詞) movies (受詞) every weekend. (修飾語)

→ 他們以前每個週末都會去看電影。

例句③和④的用法，是要表示「**過去重複執行的習慣**」。例句③要表達的是「彈吉他」這個動作，每週日都會進行；例句④要表達的是「看電影」這個動作，每個週末都會重複進行。

過去進行式：在過去的某個時間點，某件事正在進行

過去進行式是表示「**在過去的某個時間點，某個動作／某件事正在進行**」。因為是現在進行式的過去版，所以句型會變成「**was／were ＋現在分詞（V-ing）**」。

① **I was watching TV when my mother came home.**

→ 當我媽回到家時，我正在看電視。

主詞 動詞 受詞 修飾語

② **My brother was playing games at about 9:00 last night.**

→ 我弟弟昨晚 9 點左右在打電動。

例句①是表示在「媽媽回家」的時間點上，**曾經正在進行的動作**，那就是我正在看電視。而例句②則是表示在「昨晚 9 點左右」的時間點，我弟弟正在打電動。

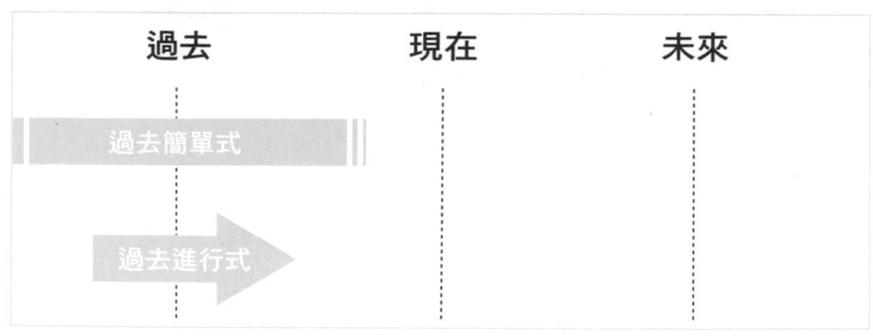

3 未來簡單式和未來進行式

未來簡單式和未來進行式也是大家最常用的兩種英語時態。首先從未來簡單式開始說起。

未來簡單式：表預測、計畫

要用英文表達未來的事情時，有兩種方法可以使用。

助動詞 will

will 是助動詞（參照第 94 頁），位置在動詞的前面，與動詞一起組成述語動詞。接在助動詞後面的詞彙，必須是動詞的原形。這種句型主要用來表達「**將會～**」、「**決定要～**」，以及其他未來的事情。

	主詞	動詞	補語	修飾語
①	**It**	**will be**	**cloudy**	**tomorrow.**

→ 明天將會是陰天。

	主詞	動詞	受詞	修飾語
②	**I**	**will study**	**English**	**harder.**

→ 我決定要更努力學英文。

主詞 動詞 修飾語 修飾語

③ **I will go there with you.**

→ 我將會和你們一起去那裡。

以例句①來說，就算放著不管，明天的陰天依然會到來，無關個人的意志，所以稱為「**單純未來**」。至於，例句②和③則表現出作為主詞之人的意志，因此稱為「**意志未來**」。不過，這些意志屬於較短時間內做出來的決定。

be going to

「**be going to＋原形動詞**」可以用來表達「決定要～」、「預定要～」的未來。

主詞 動詞 修飾語

④ **I am going to stay with my host family in the Philippines.**

→ 我預定要暫住在菲律賓的寄宿家庭。

主詞 動詞 受詞 修飾語

⑤ **She is going to leave Japan the day after tomorrow.**

→ 她預定後天離開日本。

例句④和⑤都有「預定」的含意，與will相較之下，**be going to多了事先妥善計畫好的語感**。

未來進行式

未來進行式是用來表示在未來的某個時間點上，正在進行中的動作，句型是「**will be＋現在分詞（V-ing）**」。

	主詞	動詞	受詞	修飾語
①	**I**	**will be enjoying**	**fishing**	**at this time tomorrow.**

→ 明天這個時候我就在享受釣魚之樂了。

	主詞	動詞	受詞	修飾語
②	**She**	**will be eating**	**dinner**	**at 7:00 tomorrow.**

→ 她將會在明天7點吃晚餐。

例句①表示「明天這個時候」（**未來的某個時間點**）會有某個**進行中的動作**，那就是主詞「我」正在享受釣魚的樂趣。

例句②表示「明天7點」（未來的某個時間點）會有某個進行中的動作，那就是主詞「她」正在吃晚餐。

接著，就來複習前面講解的內容吧。

文法練習・1

將現在簡單式①（第60頁）、過去簡單式④（第64頁）及未來簡單式②（第66頁），分別改寫成否定句和疑問句，並且用Yes來答覆疑問句。

【解答】

現在簡單式①

She isn't sick. ／ Is she sick? ／ Yes, she is.

過去簡單式④

They didn't watch movies every weekend. ／
Did they watch movies every weekend? ／ Yes, they did.

未來簡單式②

I won't study English harder. ／
Will you study English harder? ／ Yes, I will.

實戰練習・1

將下方的中文翻譯成英文，並在每個括弧中填入一個單字。答案核對完畢後，請試著大聲唸出來。

主詞 動詞 受詞 修飾語 修飾語

1. ( )( )( ) a ( ) in the ( ) then.

→ 那時我正在圖書館看書。

主詞 動詞 修飾語 修飾語

2. My sister ( )( )( )( )( ) Australia next year.

→ 我妹妹預定明年要去澳洲。

主詞 動詞 修飾語

3. The ( )( )( ) the ( ).

→ 月亮繞著（go around）地球轉。

主詞 動詞 修飾語

4. ( )( )( ) about my ( )( ).

→ 我將會談到我的寄宿家庭。

主詞 動詞 修飾語 修飾語

5. ( )( )( ) in the pool ( ).

→ 他現在正在游泳池裡游泳。

〔解答〕

1. I was reading a book in the library then.
2. My sister is going to go to Australia next year.
3. The moon goes around the earth.
4. I will talk about my host family.
5. He is swimming in the pool now.

4 現在完成式和現在完成進行式

接下來，要分別來介紹現在、過去及未來的**完成式**。現在就先從大家比較熟悉的現在完成式說起。

完成式有3種用法，分別是表達**經驗**、**時間的持續性**及**完成的結果**。

現在完成式表經驗

首先，經驗用法是使用「**主詞＋ have／has ＋過去分詞（Past Particle，簡稱p.p.）**」，來表示「**（以前）曾～過**」或「**（以前）不曾～過**」。

	主詞	動詞	受詞	修飾語
①	**I**	**have met**	**him**	**once.**

→ 我曾見過他一次。

	主詞	動詞	受詞	修飾語
②	**He**	**has watched**	**the movie**	**before.**

→ 他以前曾看過這部電影。

例句①加上了once，表示是「一次」。若是「兩次」，則是 twice，「3 次」是 three times，後面還可以 four times、five times 增加下去；也可以像例句②一樣，用 before 一筆帶過來收尾。

	主詞	動詞	修飾語	修飾語
③	**I**	**have been**	**to Sydney**	**twice.**

→ 我曾經去過雪梨兩次。

至於例句③則說明了想要表達「**曾去過～**」時，不能使用「have gone to～」，而是要用「**have been to～**」。假如使用「have gone to～」，含意就會變成「已經出發前往某處了～（此刻人就不在現場）」。

大家要特別注意的是，表經驗的否定句不能使用「haven't」，而是要用「**have never～**」。

	主詞	動詞	受詞	修飾語
④	**I**	**have never eaten**	**sushi**	**before.**

→ 我從來不曾吃過壽司。

此外，疑問句則是要在動詞（過去分詞）前放入「**ever**」，讓句子有「之前」的含意。

主詞 動詞 受詞

⑤ **Have you ever read the book?**

→ 你之前曾看過這本書嗎？

現在完成式表持續的動作或狀態

下一個是持續用法。

主詞 動詞 修飾語 修飾語

① **I have lived here for 10 years.**

→ 我已經在這裡住了 10 年。

主詞 動詞 受詞 修飾語

② **I have known him since he was a child.**

→ 從他還是小孩時，我就已經認識他了。

持續用法是表示「**在過去某個時間點發生的狀態**」一直持續到現在。這裡使用的是狀態動詞（第 33 頁），而動態動詞則是用在後面即將談到的現在完成進行式。

現在完成式表不久前完成的動作

第三種是完成用法，表已經完成的動作。

主詞 動詞

① **The game has already started.**

→ 這場比賽已經開始了。

主詞 動詞 受詞

② **I have just eaten lunch.**

→ 我剛吃過午餐。

例句①是在has和過去分詞之間，插入already（已經），變成「**（現在）已經～**」的含意。

例句②也一樣，是在have和過去分詞之間插入just（剛才），變成「**剛才已經～**」的含意。

主詞 動詞 受詞 修飾語

③ **We haven't read the book yet.**

→ 我們還沒看過這本書。

	主詞	動詞	修飾語	修飾語
④	**Have you**	**arrived**	**at the station**	**yet?**

→ 你已經抵達車站了嗎？

完成用法的否定句並不使用 already 和 just，而是像例句③一樣，常將 **yet（還沒）**這個詞放在句子的最後，表達「還沒～」的含意。

此外，疑問句也常會去掉 already 和 just，在句尾加上 yet（已經）這個詞，表達「**已經～了嗎？**」的含意。

換句話說，yet 在否定句中具有「還沒」的意思，在疑問句中則是「已經」的意思，這點要請各位特別留意。

現在完成進行式

最後要介紹的是現在完成進行式。

現在完成進行式的結構是「**have／has been＋現在分詞（V-ing）**」，表示某行為「**從過去某個時間點到現在一直持續著～**」。要特別注意的是，**現在完成進行式只能使用動態動詞**（第 33 頁）。

主詞 動詞 受詞 修飾語

① I have been studying English for three hours.

→ 我已經持續唸了3小時的英文了。

主詞 動詞 修飾語

② It has been raining since Monday.

→ 這場雨從星期一一直下到現在。

主詞 動詞 受詞 修飾語

③ I have studied English for three years.

→ 我已經學了3年英文。

例句①的現在完成進行式和例句③的現在完成式很相似，兩者有何不同呢？

例句①表示「唸英文**整整持續了3個小時**」（持續進行中、暫時的活動），例句③則表示「**學英文學了3年**」，過程中就算有中斷，依然反覆進行下去。

接著，就來複習吧！

文法練習・2

將現在完成式表經驗①（第71頁）、現在完成式表持續的動作或狀態①（第73頁）及現在完成式表不久前完成的動作②（第74頁），分別改寫成否定句和疑問句，並且用Yes答覆疑問句。

〔解答〕

現在完成式表經驗①

I have never met him before. ／

Have you ever met him before? ／ Yes, I have.

現在完成式表持續的動作或狀態①

I haven't lived here for 10 years. ／

Have you lived here for 10 years? ／ Yes, I have.

現在完成式表不久前完成的動作②

I haven't eaten lunch yet. ／

Have you eaten lunch yet? ／ Yes, I have.

實戰練習・2

將下方的中文翻譯成英文，並在每個括弧中填入一個單字。答案核對完畢後，請試著大聲唸出來。

主詞　動詞　受詞　修飾語

1. (　　)(　　)(　　)(　　)(　　) a (　　)(　　).

→ 我已經愛她愛了很長一段時間（for a long time）。

主詞　動詞　受詞

2. (　　)(　　)(　　)(　　) his (　　).

→ 他剛剛完成了他的工作。

主詞　動詞　修飾語　修飾語

3. (　　)(　　)(　　)(　　)(　　)(　　)(　　) two hours.

→ 我等（wait for）她已經持續等了 2 個小時。

主詞　動詞　受詞

4. (　　)(　　)(　　)(　　) the (　　).

→ 他從來沒有彈過吉他。

〔解答〕

1. I have loved her for a long time.
2. He has just finished his work.
3. I have been waiting for her for two hours.
4. He has never played the guitar.

5 過去完成式和過去完成進行式

過去完成式的結構是「**主詞＋had＋過去分詞（p.p.）**」，與現在完成式一樣有3種用法。首先就從經驗用法看起。

過去完成式表經驗

主詞 動詞 修飾語 修飾語

① **I had been abroad three times before I became a college student.**

→ 我成為大學生之前，曾經出國3次。

主詞 動詞 受詞 修飾語

② **Bob had never eaten sushi before he came to Japan.**

→ 鮑伯來日本之前，從來不曾吃過壽司。

主詞 動詞 受詞 修飾語

③ **Had you ever studied English before you entered school?**

→ 你入學前曾經學過英語嗎？

過去完成式的經驗用法，是表示「**（過去的某個時間點或動作之前）曾做過或不曾有過～**」的意思。

如果是否定句，不能使用had not，而是要採用「**had never＋過去分詞（p.p.）**」的形式。

至於疑問句，則要在句子中放進ever，表達「在這之前，是否曾經～」的含意。

過去完成式表過去曾持續的動作或狀態

接著是持續用法，這裡的用法和現在完成式一樣。

	主詞	動詞	受詞	修飾語	修飾語
①	**She**	**had known**	**him**	**for 5 years**	**when she married him.**

→ 她嫁給他時，已經認識他5年了。

	主詞	動詞	修飾語	修飾語	修飾語
①	**They**	**had lived**	**in Japan**	**for three years**	**when they moved to Paris.**

→ 他們搬去巴黎時，已經在日本住了3年。

過去完成式的持續用法，是表示「**（在過去的某個時間點之前）已經持續～**」，也就是過去持續的狀態。例句①要說明的是，她在結婚（過去的時間點）之前，已經認識他5年了。而例句②則是表示他們在搬去巴黎（過去的時間點）時，已經在日本住了3年。

過去完成式表已完成的動作或經驗

過去完成式的完成用法，則是具有「**（在過去的某個時間點之前）已經或還沒～**」的含意。

主詞 動詞 修飾語

① **The train had already left when I reached the station.**

→ 在我抵達車站時，火車已經開走了。

例句①要表達的是，在「我抵達車站」這個過去的時間點之前，火車就已經開走了。

主詞 動詞 修飾語 修飾語

② **The game had not started yet when I got there.**

→ 在我到達那裡時，比賽還沒開始。

主詞 動詞 受詞 修飾語 修飾語

③ **Had you finished your homework yet when I called you?**

→ 我打電話給你時，你已經做完功課了嗎？

例句②是完成用法的否定句，就如同現在完成式完成用法的否定句一樣（第 75 頁），要刪除 already，將 yet（還沒）放進句子，表示「**（在過去的某個時間點之前）還沒～**」。

例句③是疑問句，也和現在完成式完成用法的疑問句一樣，要刪除 already，加上 yet（已經），以表示「**（在過去的某個時間點當下）已經～了嗎？**」

在**否定句**中，yet 的含意是「**還沒**」，但在**疑問句**中的含意則是「**已經**」，這點千萬要特別注意。

	主詞	動詞	受詞	修飾語
④	**I**	**lost**	**my watch**	**which I had bought in Paris.**

→ 我在巴黎買的手錶不見了。

在英文，過去完成式通常用於描述「**比過去還要早發生**」的事情。

在例句④中，「手錶不見」是過去的事情，但「在巴黎買手錶」是比過去更早發生的事情，所以這裡要使用「had bought」來表達比過去更早的時間點，因此要寫成過去完成式（後發生的用過去簡單式）。

過去完成進行式

主詞	動詞	受詞	修飾語	修飾語
① I	had been writing	a report	for three hours	when you called me.

→ 在你打電話給我之前，我已經寫了3個小時的報告。

過去完成進行式採用的形式是「**had been＋現在分詞（V-ing）**」。

例句①要表達的是在「你打電話給我」這個過去的時間點之前，「我一直都在寫報告」。這代表在過去某個時間點之前，更早的另一個動作已持續了一段時間，且該動作仍持續進行中。

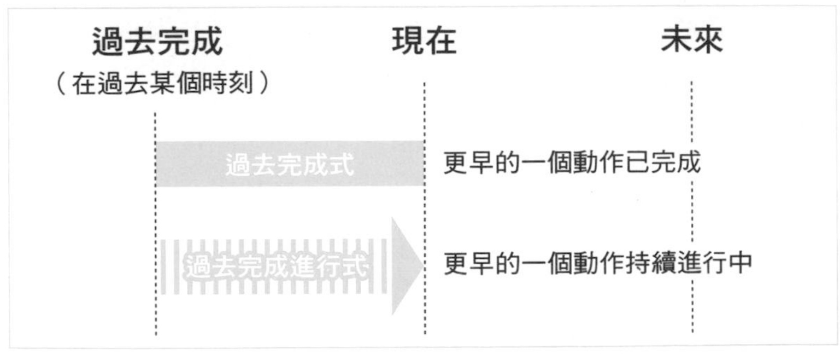

6 未來完成式和未來完成進行式

未來完成式採用「**主詞＋will have＋過去分詞（p.p.）**」的形式，就如同現在完成式、過去完成式一樣，也有3種用法，可以各種未來的時間點來進行造句。首先要介紹的是經驗用法。

經驗用法

	主詞	動詞	受詞	修飾語	修飾語
①	**I**	**will have visited**	**Disneyland Park**	**three times**	**if I go there again.**

→ 如果我這次再去迪士尼樂園，算起來就已經造訪過3次了。

想要表達在未來的某個時間點將會完成某件事，就會使用未來完成式。例句①是表示「再去迪士尼樂園」這個未來的某個時間點上，「我就**已經去過**3次了」。

持續用法

	主詞	動詞	補語	修飾語	修飾語
①	**We**	**will have been**	**married**	**for 10 years**	**next month.**

→ 下個月我們就結婚10年了。

想要表達在未來的某個時間點上「已經持續～」時，就會使用持續用法。

例句①是表示「下個月」這個未來的某個時間點上，「婚姻狀態**已經持續**10年」。

完成用法

想要表達在未來的某個時間點上「應該已經～」時，就會使用完成用法。

	主詞	動詞	修飾語
①	**The game**	**will have already finished**	**by three o'clock.**

→ 這場比賽到3點時應該就已經結束了。

例句①表示在「3點」這個未來的時間點上，「比賽應該**已經結束了**」。就如同現在完成式一般，**在have和過去分詞之間，經常會插入already**。

此外，還有未來完成進行式，用來表示「開始於過去的動作，持續到現在，並將延伸到未來某一時刻」，結構為「主詞＋ will have been ＋現在分詞（V-ing）」。

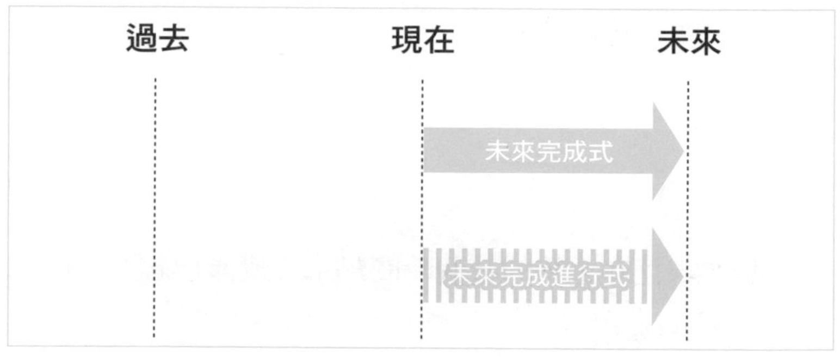

從下一頁開始，要來複習前面講解過的內容了。

實戰練習・3

將下方的中文翻譯成英文，並在每個括弧中填入一個單字。答案核對完畢後，請試著大聲唸出來。

主詞　動詞　受詞　修飾語　修飾語

1. I (　)(　)(　)(　)(　) before I became twenty.

→ 我在20歲之前，曾經穿過3次和服（kimono）。

主詞　動詞　受詞　修飾語　修飾語

2. Bob (　)(　)(　)(　)(　) 5 hours when Tom called him.

→ 湯姆打電話給鮑伯時，他已經唸了5個小時的日文。

主詞　動詞　補語　修飾語　修飾語

3. We (　)(　)(　)(　)(　) for (　)(　) this March.

→ 到了今年3月，我們就是交往6年的好朋友了。

主詞　動詞　受詞　修飾語　修飾語

4. He (　)(　)(　) his (　)(　) when I came back.

→ 我回來時，他還沒打掃他的房間。

〔解答〕

1. I had worn kimono three times before I became twenty.
2. Bob had been studying Japanese for 5 hours when Tom called him.
3. We will have been good friends for 6 years this March.
4. He had not cleaned his room yet when I came back.

章末測驗・1

閱讀下面的對話小短文，將其中的中文句子翻譯成英文，並在底下的括弧中填入正確的單字。核對答案完畢後，請試著大聲唸出全文數次。

Kumi: Hi, Bob. You look happy.

Bob: ①（下個月我弟弟就要來美國了。）

②（我要帶他參觀紐約。）

Kumi: That sounds great.

Do you have any idea about what to have for lunch?

Bob: Well, I have no idea.

Kumi: ③（你吃過熱狗堡嗎？）

Bob: No, I haven't. What's it like?

Kumi: It's like Big Bite. You should try it.

Bob: Sounds great.

show 人 around 地點：帶某人參觀某地

主詞
動詞
修飾語
修飾語
①.（ ）（ ）（ ）（ ）（ ）（ ）to（ ）next month.
主詞
動詞
受詞
修飾語
②.（ ）（ ）（ ）（ ）（ ）New York.

主詞 動詞 受詞

③.(　)(　)(　)(　) **the hot dogs?**

【解答】
①. My brother is going to come to America next month.
②. I will show him around New York.
③. Have you ever eaten the hot dogs?

章末測驗・2

閱讀下面的對話小短文，將其中的中文句子翻譯成英文，並在底下的括弧中填入正確的單字。核對答案完畢後，請試著大聲唸出全文數次。

～ In front of the theater ～

Kumi: You are so late, Bob. What happened?
④（這齣戲已經開始了。）

Bob: When I got to the station, I realized
⑤（我把門票忘在家裡了。）
So, I asked my mother to bring it to me.

Kumi: ⑥（我們錯過這齣戲開頭的30分鐘了。）
Let's hurry. It's still worth watching.

Bob: Yes, I know. If I see the play,
⑦（就已經看過3次了。）

④.（主詞　）（　）（動詞　）（　）（　）.

⑤.（主詞　）（動詞　）（受詞　）my（修飾語　）at home.

⑥.（主詞　）（動詞　）the first（受詞　）（　）of the play.

⑦.（主詞　）（動詞　）（　）（　）it（受詞　）（修飾語　）.

〔解答〕

④. The play has already started.

⑤. I had left my ticket at home.

⑥. We missed the first 30 minutes of the play.

⑦. I will have seen it three times.

1.

Kumi: 嗨，鮑伯。你看起來很開心。

Bob: 下個月我弟弟就要來美國了。
我要帶他參觀紐約。

Kumi: 那聽起來很棒。
你想到午餐要吃什麼了嗎？

Bob: 呃，我不知道。

Kumi: 你吃過熱狗堡嗎？

Bob: 不，我沒吃過。那味道怎麼樣？

Kumi: 那味道就像是大亨堡，你應該試試看。

Bob: 聽起來很棒。

2.

（～劇場前～）

Kumi: 你來得太晚了，鮑伯。發生什麼事了？
這齣戲已經開始了。

Bob: 我到車站時，才發現我把門票忘在家裡了。
只好請我媽媽送過來給我。

Kumi: 我們錯過這齣戲開頭的30分鐘了。
快點進去吧。這齣戲還是值得一看的。

Bob: 是啊，我知道。如果我看了這齣戲，我就已經看過3次了。

第 3 天

不用出國就有的道地語感：助動詞、被動語態

第 3 天要學習的是助動詞和被動語態。

助動詞會傳達說話者的心理狀態或主觀判斷，被動語態則是可以把受詞當作主詞。

兩者在使用英文表達微妙的語感時都用得著，相當重要。請各位努力學習，以便能夠靈活運用。

今天就學會這個！

- 能藉由助動詞表達正確的英文語感。
- 能使用有助動詞的完成式來表達心情。
- 能寫出和說出基本的被動語態句型。

① 助動詞的 4 大規則

透過助動詞的使用，就可以表達出「就這樣做」、「或許是這樣」、「必須要這樣」這些在腦中思考的事情。現在，我們要先來複習一下 will、can、may、must 等助動詞的共通規則。

助動詞的 4 大規則

規則 1：必須接原形動詞

助動詞必須放在動詞前面，替動詞加上某些含意。要注意的是，這時**動詞的形式一定要是原形**。

	主詞	動詞	受詞	修飾語
①	We	must eat	vegetables	for our health.

→ 為了健康，我們必須吃蔬菜。

在例句①當中，助動詞 must（必須～）放在動詞 eat 前面，eat 就是原形動詞。雖然這裡只有舉 must 為例，但在使用所有助動詞時，都要遵循這項規則。

規則2：不必依人稱做變化

主詞是第三人稱單數時，助動詞不必加s。

要造現在簡單式的句子時，即使用的是he或she之類的第三人稱單數主詞，也**不必像一般動詞一樣加上s**。

× He cans speak English.

規則3：疑問句要將助動詞放句首

如果是助動詞的否定句，要在助動詞的後面接not（有時會用縮寫）；疑問句則要將助動詞搬到主詞前面。

主詞 動詞 受詞 修飾語

② **I cannot speak Spanish fluently.**

→ 我沒辦法流利的講出西班牙文。

主詞 動詞 受詞

③ **Can I have some more coffee?**

→ 可以再給我一些咖啡嗎？

Yes, you can. No, you cannot.

規則4：一次用一個

一個句子不能使用兩個助動詞。

主詞 動詞 受詞 修飾語

④ I will be able to speak Spanish soon.

→ 我很快就會說西班牙文了。

主詞 動詞 受詞 修飾語

× I will ~~can~~ speak Spanish soon.

接著，我們就依據這些規則，逐一認識助動詞吧。

表示「能力」：can、be able to

can和be able to可以用來表示「**能夠～**」的能力。

主詞 動詞 受詞 修飾語

① She can draw pictures very well.

→ 她能夠畫出非常棒的圖。

主詞 動詞 修飾語

② Tom is able to swim fast.

→ 湯姆能夠游得很快。

如果分別改成過去簡單式，就會變成：

主詞 動詞 受詞 修飾語

③ **She could draw pictures very well.**

→ 她以前能夠畫出非常棒的圖。

主詞 動詞 修飾語

④ **Tom was able to swim fast.**

→ 湯姆以前能夠游得很快。

如上所示，過去簡單式的用法可以表達出「**（在過去某個時間點）能夠～**」的含意，也就是可以說明「曾經具備的能力」。

表示「許可」：can、may

can 和 may 主要用來表達「**可以～**」的許可之意。

主詞 動詞 修飾語

① **You can go out if you finish your homework.**

→ 如果寫完功課，你就可以外出。

主詞 動詞

② **You may sit down.**

→ 你可以坐下來。

另外，如以下例句所示，英文經常會使用「**可以～嗎？**」的疑問句。不過，使用「Can I ～」並非慎重說法，比較適用於朋友、同事、家人之間。

主詞　動詞　受詞

③ **Can I　use　your pen?**

→ 我可以用你的筆嗎？

主詞　動詞　受詞

④ **May I　use　your cell phone?**

→ 我可以用你的手機嗎？

假如別人問你類似例句③或④的問題，而你覺得OK時，就可以回答：

Yes, you can（may）.／Sure.

假如你覺得不OK，可以這樣回答：

I'm afraid you can't.／I'm sorry, but you can't.

表示「請求」：can、will

can和will可用來表示「**能否～？**」的請求。

	主詞	動詞	受詞	修飾語
①	**Can you**	**cook**	**dinner**	**for us?**

	主詞	動詞	受詞	修飾語
②	**Will you**	**cook**	**dinner**	**for us?**

→ 你能否幫我們煮晚餐呢？

不過，與其像例句①和②用 can、will，還不如**使用 could 和 would 來表達請求，會顯得更加慎重**。

	主詞	動詞	受詞	受詞	修飾語
③	**Could you**	**tell**	**me**	**the way**	**to the city hall?**

	主詞	動詞	受詞	受詞	修飾語
④	**Would you**	**tell**	**me**	**the way**	**to the city hall?**

→ 你可否告訴我去市政府的路要怎麼走？

假如別人問你這種問題，而你覺得 OK，可以回答：

Sure. ／Yes, of course.

假如你覺得不 OK，那就回答：

I'm afraid I can't. ／I'm sorry, but I can't.

表示「義務」和「必須」：must、have／has to

「must」和「have／has to～」都可以用來表示「**必須～**」的義務。

主詞	動詞	受詞
① **You**	**must read**	**more books.**

→ 你必須讀更多書。

主詞	動詞	受詞
② **She**	**has to save**	**more money.**

→ 她必須存更多錢。

想要表達過去或未來的義務時，由於**「must」不能以過去式或未來式來表達**（因是用來表達情態的助動詞），只能使用「have／has to～」，進而改成過去簡單式的「had to～」，或未來簡單式的「will have to～」。

比如要表達「當時必須～」，就是使用「had to～」；要表達「之後必須～」，就使用「will have to～」。

主詞 動詞 受詞

③ **Ken had to clean his room.**

→ 肯當時必須打掃他的房間。

主詞 動詞 受詞 修飾語

④ **Mary will have to practice dance for three hours.**

→ 瑪莉往後必須練習舞蹈３個小時。

must和「have／has to～」放在肯定句當中時，兩者含意相同。

不過，變成否定句之後，「must not～」的意思就是「**不准～**」，表示禁止。而「don't／doesn't have to～」則意味著「**不必去做～**」。

主詞 動詞 修飾語

⑤ **You must not swim here.**

→ 你不准在這裡游泳。

主詞 動詞 受詞

⑥ **She doesn't have to help her mother.**

→ 她無須幫她媽媽的忙。

除了must和「have／has to～」以外，should和ought to也可以用來表示「應該～」的義務（must表示主觀立場，have／has to則表示客觀立場；should為主觀要求，ought to則為客觀要求）。

助動詞	用法
must	表主觀立場；否定句表「不准」。
have／has to～	表客觀立場；否定句表「不必」。
should	表勸告，強調主觀要求。
ought to～	表勸告，強調客觀要求。

主詞　動詞　受詞

⑦ **You should buy the book about physics.**

→ 你應該買這本關於物理的書。

主詞　動詞　受詞　修飾語

⑧ **You ought to read the book for the exam.**

→ 你應該為了考試而看這本書。

表示忠告

「had better～」有「最好（做某事）～」的意思，且帶有警告、命令，由上對下的語氣。

主詞	動詞	修飾語
① You	had better get up	early.

→ 你最好早點起床。

以下為各種常用的助動詞，我將其統整成下頁表格。

助動詞	用法	中文
will	意志	將～
would	意志	將～
can	能力、可以	可以～ （＝ be able to）
	推測	可能～
could	可以	可以～
	推測	或許～
may	許可	可以～
	推測	或許～
might	推測	或許～
shall	邀請 （Shall we～?）	能不能～
should	義務	應該要～ （＝ ought to）
	推測	應該是～
must	義務	必須～ （＝ have to）
	推測	一定～

那麼，現在就用下一頁的實戰練習，來複習前面講解過的內容。

實戰練習・1

將下方的中文翻譯成英文，並在每個括弧中填入一個單字。答案核對完畢後，請試著大聲唸出來。

主詞 動詞 受詞 修飾語

1. (　　) **you** (　　) (　　) (　　) **my English speech?**

→ **你能否幫我準備我的英文演講？**

主詞 動詞 受詞 修飾語

2. **Kate** (　　) (　　) (　　) **two** (　　) **yesterday.**

→ **凱特昨天必須要寫兩份報告。**

主詞 動詞 修飾語

3. (　　) (　　) (　　) (　　) (　　).

→ **他應該更努力（hard）工作。**

主詞 動詞 受詞

4. (　　) (　　) (　　) (　　)?

→ **我可以看電視嗎？**

〔解答〕

1. Could／Would you help me with my English speech?
2. Kate had to write two reports yesterday.
3. He ought to work harder.
4. May I watch TV ?

② 表示推測的助動詞

助動詞還有很多用法需要解說！接下來要說的是表「推測」的用法。

表示推測：can、could

當句子中需要表達「**會**」、「**可能**」的推測含意時，就可以使用can和could。

若使用can，表達的含意是「**理論上這種事是有可能的**」，其語氣也較為肯定。而使用could的話，則表示說話者並沒有把握，含意是「**這種事或許也是有的**」，請各位留心分辨兩者的差別。

	主詞	動詞	受詞	修飾語
①	**She**	**can get**	**a perfect score**	**on the test.**

→ 她會在這場考試中拿到好成績。

	主詞	動詞	受詞
②	**He**	**could win**	**the next game.**

→ 他或許會贏得下一場比賽。

接著是想表達「**或許～**」時，所用的 may 和 might。相較之下，might 比 may 更適合用在說話者不夠篤定時。

主詞　動詞　受詞

③ **He　may tell　a lie.**

→ 他或許在說謊。

主詞　動詞　補語

④ **This　might be　true.**

→ 這或許是真的。

要表示「**一定～**」這種具有強烈肯定語氣的推測時，我們會使用 must。同樣的，要表示「**不可能～**」這種具有強烈否定語氣的推測時，則會使用 cannot。

主詞　動詞　補語

⑤ **He　must be　a photographer.**

→ 他一定是一名攝影師。

主詞　動詞　修飾語　修飾語

⑥ **She　cannot be　at home　now.**

→ 她現在不可能在家。

如果沒有前面那麼肯定，但仍有一定的自信，屬於「**應該會～**」的推測時，則可以使用 should 和 ought to。

	主詞	動詞	受詞	修飾語
⑦	**My sister**	**should win**	**the first prize**	**in the contest.**

→ 我妹妹應該會在這場比賽中得到第一名。

	主詞	動詞	修飾語
⑧	**The train**	**ought to stop**	**because of heavy snow.**

→ 這班火車應該會因為大雪而停駛。

由於這些表達推測的助動詞，它們所表達的肯定程度不一，難以分辨，因此特別整理成下方量表，希望幫助讀者理解。

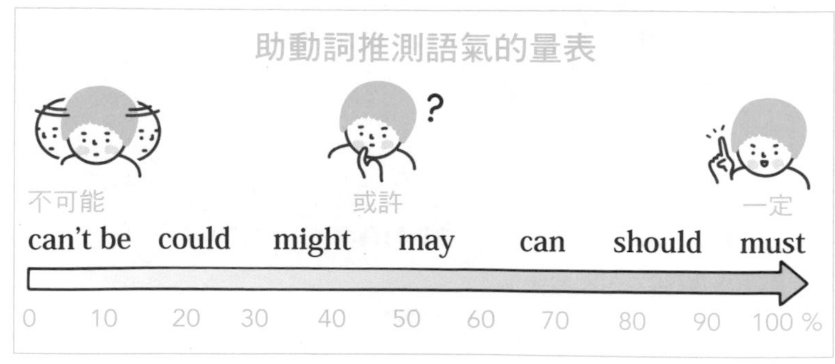

表示「意志」：will

下一個介紹的是助動詞will，表示說話者「**決定要做～**」的意志。

	主詞	動詞	受詞	修飾語
①	**I**	**will practice**	**tennis**	**hard.**

→ 我決定要努力練習網球。

藉由使用won't和wouldn't，將句子改成否定句，就可以表達「**就是不～**」的含意。

	主詞	動詞	受詞
②	**The child**	**won't eat**	**carrots.**

→ 這個孩子就是不吃紅蘿蔔。

	主詞	動詞	受詞
③	**She**	**wouldn't open**	**the door.**

→ 她就是不願意開門。

表示「過去習慣」：would、used to

藉由would和used to，可以表現出「**（以前）經常～**」這種過去的習慣和狀態。

	主詞	動詞	修飾語
①	**My father and I**	**would go fishing**	**when I was a child.**

→ 小時候，我和爸爸經常去釣魚。

	主詞	動詞	修飾語
②	**A tall tree**	**used to stand**	**in front of my house.**

→ 以前有一棵高大的樹木矗立在我家前面。

詢問對方意願的助動詞：Shall

英文中如果要用提議的語氣表達「～好嗎？」，通常會使用Shall。Shall如果與we搭配，可以表達出「想要邀請對方共同～」的意思，就像《來跳舞吧！》的電影名稱「Sall we dance?」一樣。

主詞 動詞 受詞

① **Shall I open the window?**

→ 我把窗戶打開好嗎？

主詞 動詞 修飾語

② **Shall we go shopping together?**

→ 我們一起去買東西好嗎？

假如別人問起類似例句①的問題，你可以這樣回答：

Yes, please. ／No, thank you.

假如別人問起類似例句②的問題，你可以回答：

Yes, let's. ／No, let's not.

現在，就讓我們用實戰練習複習前面介紹的助動詞。

實戰練習・2

將下方的中文翻譯成英文，並在每個括弧中填入一個單字。答案核對完畢後，請試著大聲唸出來。

主詞　動詞　修飾語

1. (　　)(　　)(　　)(　　).

→ 她或許會來這裡。

主詞　動詞　補語

2. The (　　)(　　)(　　)(　　).

→ 這道菜一定很好吃。

主詞　動詞　受詞

3. (　　)(　　)(　　) your (　　)?

→ 讓我來洗你的車好嗎？

主詞　動詞　受詞

4. (　　)(　　)(　　)(　　)(　　).

→ 他以前經常跑馬拉松（marathons）。

〔解答〕

1. She may come here.
2. The dish must be delicious.
3. Shall I wash your car?
4. He used to run marathons.

③ 表示過去推測的助動詞

接著先來介紹可以表達過去推測之意的助動詞。

表過去推測：之前或許、之前一定

在英文中使用「may have＋過去分詞（p.p.）」，就可以表達「**之前或許～**」這種對過去的推測。

主詞	動詞	受詞	修飾語
① **She**	**may have read**	**the book**	**before.**

→ 她以前或許讀過這本書。

「她」可能對於書本內容知之甚詳，所以說話者看她對書熟悉的樣子，就推測「她以前或許讀過這本書」。

如果使用的是「must have＋過去分詞（p.p.）」，則可以表達出對過去的強烈推測，意思會變成「**之前一定～**」。

主詞	動詞	受詞	修飾語
② **Tom**	**must have practiced**	**dance**	**hard.**

→ 湯姆之前一定是在拚命練習舞蹈。

可能一陣子以後，發現湯姆的舞蹈程度有所提升，所以說話者強烈的推測「**湯姆之前一定是在拚命練習舞蹈**」。

至於「should have ＋過去分詞（p.p.）」和「ought to have ＋過去分詞（p.p.）」，兩者的意思幾乎相同，表示「**之前應該～**」的肯定語氣。

	主詞	動詞	受詞	修飾語
③	**He**	**should have bought**	**the computer**	**in that shop.**

→ 他之前應該是在那家店買電腦，而不是其他家。

	主詞	動詞	受詞	修飾語
④	**Ellen**	**ought to have taken**	**a lot of pictures**	**there.**

→ 艾倫之前應該在那裡拍了很多照片。

例句③的說話者想要表達的是「**他之前應該是在那家店買電腦，而不是其他家**」。例句④的說話者則是因為「**艾倫之前應該在那裡拍下了很多照片**」，所以言下之意也有希望看照片的意思。

如果用的是「cannot have ＋過去分詞（p.p.）」，則可以表示「**之前不可能～**」，屬於對過去的強烈否定推測。

主詞	動詞	修飾語	修飾語
⑤ **My sister**	**cannot have been**	**in Kaohsiung**	**yesterday.**

→ 我妹妹昨天不可能在高雄。

這個人的妹妹明明應該待在臺北，卻有人說「我昨天在高雄看到你妹妹」，所以才會反駁「**我妹妹昨天不可能在高雄**」。

對過去行為表指責、後悔

在英文中使用「should have ＋過去分詞（p.p.）」，就可以表示「**原本應該～（實際上沒有做）**」。

主詞	動詞	補語	修飾語
① **You**	**should have been**	**more careful**	**about your health.**

→ 你應該更注意你的健康。

這種用法主要用來指責過去的行為。有可能是「你」搞壞了身體，別人才會指責「**你應該更注意你的健康**」。

另外，由「ought not to have＋過去分詞（p.p.）」組成的否定句，則可以表達「**當初不該～**」，以表示對過去行為的後悔。

	主詞	動詞	修飾語
②	**We**	**ought not to have eaten**	**so much.**

→ 我們當初不該吃那麼多的。

例如，「我們」吃了很多，而餐廳的帳單貴得要命，所以才會後悔「**我們當初不該吃那麼多的**」，相信各位想像得出這樣的情景吧。

虛主詞＋should

有時候，一個句子當中真正的主詞太長時，就會使用「虛主詞（或稱形式主詞）」的造句法。

	虛主詞	動詞	補語	真主詞
①	**It**	**is**	**natural**	**that he should become the class president.**

→ 他當上班長是很自然的。

虛主詞 動詞 補語 真主詞

② **It is a pity that you should have to return to your country.**

→ 可惜你要回國了。

這種構句是將it（虛主詞）放置在句首，作用是為了確保主詞的一席之地，而**連接詞that後面放的才是真正的主詞（真主詞）**。

就如例句①和②一樣，當作為真正的主詞補語帶有「情緒」或「判斷」含意時，就可以**使用should作為that子句的助動詞**。

至於能夠當作補語來使用的詞句，包括natural（自然）、 right（正確）、strange（不可思議）、surprising（驚人）、wrong（錯誤）、a pity（遺憾）等。

虛主詞 動詞 補語 真主詞

③ **It is necessary that you should study 5 hours.**

→ 你需要用功5個小時。

虛主詞 動詞 補語 真主詞

④ **It is essential that he should be with us.**

→ 他必須和我們在一起。

即使像例句③和④一樣，補語是表示「**必要**」或「**緊急**」的詞句時，也要在that子句當中使用should。例如：important（重要）、necessary（必要）、essential（必須）、desirable（嚮往）、urgent（緊急）。

另外，當that子句是受詞，動詞是表示「提案」或「要求」的詞句時，that子句之中也可以放入should。

	主詞	動詞	受詞
⑤	**I**	**suggested**	**that we should stay at home.**

→ 我建議我們應該待在家。

	主詞	動詞	受詞
⑥	**He**	**requested**	**that I should help him.**

→ 他要求我幫他的忙。

能夠用在這種構句當中的動詞，包括advise（忠告）、decide（下定決心）、demand（要求）、insist（堅決要求）、order（命令）、propose（提案）、recommend（推薦）、request（要求）、suggest（建議）。

前面介紹的這幾種將should用在that子句當中的構句，其實統統都**可以省略should**。比比如第116頁的例句①就可以改寫如下：

	虛主詞	動詞	補語	真主詞
①	**It**	**is**	**natural**	**that he becomes the class president.**

那麼，助動詞就介紹到這裡。各位辛苦了！

實戰練習・3

將下方的中文翻譯成英文，並在每個括弧中填入一個單字。答案核對完畢後，請試著大聲唸出來。

主詞　動詞　補語

1. It (　)(　)(　)(　).

→ 那一定是真的。

主詞　動詞　受詞

2. (　)(　)(　)(　)(　) lend (　)(　).

→ 他強烈要求（insisted）我借錢給他。

主詞　動詞　修飾語

3. (　)(　)(　) come home (　).

→ 你應該更早回家的。

主詞　動詞　補語

4. The (　)(　)(　)(　) late.

→ 這班火車不可能會晚到。

虛主詞　動詞　補語　真主詞

5. (　)(　)(　)(　) you (　)(　)(　)(　).

→ 你必須（essential）盡力而為（do your best）。

〔解答〕

1. It must have been true.
2. He insisted that I should lend him money.
3. You should have come home earlier.
4. The train cannot have been late.
5. It is essential that you should do your best.

4 被動語態

現在要開始學習「被～」和「受～」這些能夠造出被動句的被動語態。讓我們將思緒抽離助動詞，加油吧！

被動語態的基本結構與例外

	主詞	動詞	修飾語
①	**This novel**	**was written**	**by Jane Austen.**

→ 這本小說是珍・奧斯汀寫的。

基本的**被動語態**的基本結構是「**be 動詞＋過去分詞（p.p.）**」，表示「被～」或「受～」的意思。

至於做出這個動作的動作者，則可以透過「by～」（被誰～）直接點出來。

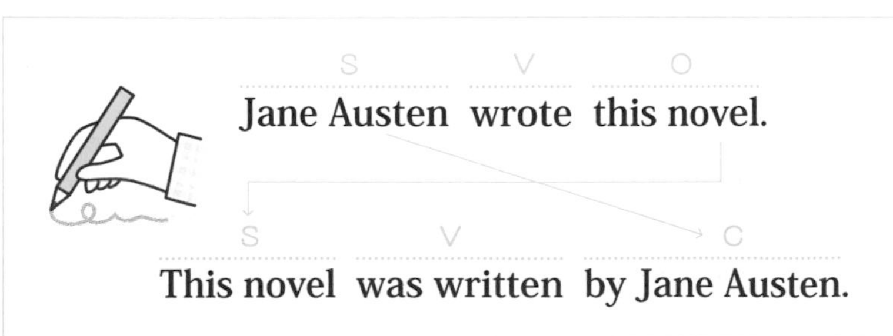

S V O
Jane Austen wrote this novel.
S V C
This novel was written by Jane Austen.

不過，當動作者是複數或不明確、沒有提及的必要時，就可以省略。

主詞 動詞 修飾語

② **This temple was built 300 years ago.**

→ 這座寺廟興建於 300 年前。

主詞 動詞 修飾語

③ **Spanish is spoken in this country.**

→ 這個國家說西班牙文。

例句②的動作者「300 年前興建寺廟的人」是複數，而且誰興建的並不是問題，所以省略了 by 之後的說明。

而例句③的「在這個國家中說西班牙文的人們」也不明確，所以就沒有用 by 表示。

by 以外介系詞的被動語態：at、with、in

主詞 動詞 修飾語

① **We were surprised at the news.**

→ 我們被這則新聞嚇到了。

主詞 動詞 修飾語

② **The garden was covered with snow.**

→ 這座花園被雪覆蓋了。

如上述兩句所示，要表達be surprised at（被～嚇到）、be covered with（被～覆蓋），或be interested in（對～感興趣）時，**會分別使用at、with、in**。

這些是慣用片語，只能把它們單純當成搭檔記起來。

句型4的被動語態

要用句型4（S＋V＋O＋O）造出被動態語態時，由於有兩個受詞，所以能**造出兩種被動語態的句子**。現在，我們就來實際練習看看。

主詞 動詞 受詞 受詞

① **I gave her a T-shirt.**

→ 我給了她一件T恤。

第一種是以例句①的受詞her作為主詞，造出被動語態的句子。

主詞	動詞	修飾語	修飾語
② **She**	**was given**	**a T-shirt**	**by me.**

→ 她被我給了一件 T 恤。

第二種則是以 a T-shirt 為主詞，造出被動語態。

主詞	動詞	修飾語	修飾語
③ **A T-shirt**	**was given**	**to her**	**by me.**

→ T 恤被我給了她。

請各位特別注意，在her的前面，要配合動詞加上to；如果**動詞是give類型，就加to，buy類型就加for**（參照第48頁）。

句型 5 的被動語態

接下來要介紹的，是以句型5（S＋V＋O＋C）造出來的被動語態。

	主詞	動詞	受詞	補語
①	**I**	**call**	**the dog**	**Pochi.**

→ 我叫這隻狗為波奇。

現在試著以受詞the dog作為主詞，改寫成被動語態的句子。

	主詞	動詞	補語	修飾語
②	**The dog**	**is called**	**Pochi**	**by me.**

→ 這隻狗被我喚做波奇。

這裡的**補語只需從例句①照搬下來**。

包含助動詞的被動語態

包含助動詞的被動語態，會以「助動詞＋ be ＋過去分詞（p.p.）」來表示。

具有「一定～」意思的must，在接上「罵」的被動語態「be scolded」之後，就會變成「一定被罵」。

主詞	動詞	修飾語
① My sister	must be scolded	by our mother.

→ 我妹妹一定是被我們的媽媽罵了。

現在進行式的被動語態

如果是進行式和被動語態的搭配，則會採用「be＋being＋過去分詞（p.p.）」的形式，來表示「**正在被～**」。

主詞	動詞	修飾語
① The bridge	is being built	now.

→ 這座橋現在正在興建。

現在完成式的被動語態

現在完成式的被動語態是以「have been＋過去分詞（p.p.）」來表示。現在完成式的用法有3種，我們就一邊複習，一邊了解吧。

首先是「**（以前）～過**」的經驗用法。

主詞	動詞	修飾語
① **The painting**	**has never been purchased**	**by anyone.**

→ 這幅畫以前從沒被任何人買下過。

下一個是持續用法，表示「**從過去某個時間點發生的狀態**」一直持續至今。

主詞	動詞	修飾語
② **This book**	**has been read**	**by young people.**

→ 這本書持續被年輕人閱讀。

最後則是表示「**（現在）已經～**」的完成用法。

主詞	動詞	修飾語
③ **Rice balls**	**have been eaten**	**by many children.**

→ 飯糰已經被許多孩子吃掉了。

感官動詞和使役動詞的被動語態

接下來要學習的是感官動詞和使役動詞。前者是表示「**所見、所聞、所感**」的動詞（比如 see、hear、feel

等），後者則是「**要人做～**」的動詞（比如make等）。

首先，感官動詞的句子屬於句型5（S＋V＋O＋C），結構如下：

主詞	動詞	受詞	補語
① **I**	**saw**	**her**	**cross the road.**

→ 我看見她穿越馬路。

使用感官動詞時，後面可加原形不定詞或現在分詞（V-ing），亦可作「She was seen crossing the road.」，於第188頁會再詳細說明。

試著將這句話改成被動語態的話，會變成以下：

主詞	動詞	修飾語	修飾語
② **She**	**was seen**	**to cross the road**	**by me.**

→ 她穿越馬路被我看見了。

英文造句會使用不定詞to cross the road，而非cross the road。使役動詞的用法也是一樣。（不定詞用法請參考第157頁、178頁）。

主詞 動詞 受詞 補語

③ **He made me study hard.**

→ 他要我用功念書。

假如改成被動語態就是：

主詞 動詞 修飾語 修飾語

④ **I was made to study hard by him.**

→ 我被他逼得要用功念書。

如上所述，將使役動詞make改成被動語態後，也要**使用to＋不定詞**，而非原形動詞。這一點要請大家特別注意。

最後，今天的課程就只剩下文法練習、實戰練習和章末測驗了。初學的3天暫時告一段落，各位辛苦了。

文法練習・1

將被動語態的基本結構與例外①（第 121 頁）、by 以外介系詞的被動語態①（第 122 頁）及現在進行式的被動語態①（第 126 頁），分別改寫成否定句和疑問句，並且用 Yes 答覆疑問句。

〔解答〕

被動語態的基本結構與例外①

This novel wasn't written by Jane Austen. ／

Was this novel written by Jane Austen? ／ Yes, it was.

by 以外介系詞的被動語態①

We weren't surprised at the news. ／

Were you surprised at the news? ／ Yes, we were.

現在進行式的被動語態①

The bridge isn't being built now. ／

Is the bridge being built now? ／ Yes, it is.

實戰練習・4

將下方的中文翻譯成英文，並在每個括弧中填入一個單字。答案核對完畢後，請試著大聲唸出來。

主詞 動詞 修飾語

1. **That (　　)(　　)(　　)(　　) Ken .**

→ **那個花瓶被肯打破了。**

主詞 動詞 修飾語 修飾語

2. **(　)(　)(　)(　)(　) a song (　)(　)(　).**

→ **媽媽聽到我在唱一首歌。**

主詞 動詞 修飾語 修飾語

3. **(　)(　)(　)(　) in the sky (　)(　)(　).**

→ **天氣晴朗時天空看得見星星。**

主詞 動詞 修飾語 修飾語

4. **(　)(　)(　) a (　)(　) my father.**

→ **爸爸給了我一支智慧型手機。**

〔解答〕

1. That vase was broken by Ken.
2. I was heard to sing a song by my mother.
3. Stars can be seen in the sky on sunny days.
4. I was given a smartphone by my father.

章末測驗・1

閱讀下面的對話小短文，將其中的中文句子翻譯成英文，並在底下的括弧中填入正確的單字。核對答案完畢後，請試著大聲唸出全文數次。

～on the phone～

Steve: Hi, Ted. This is Steve.

Ted: Hi, Steve. What's up?

Steve: I heard a good movie is being released soon.
①（這個週末我們就去看那部電影如何？）

Ted: This weekend? Hmm.
②（我很想去，但我必須做完我的科學報告。）

Steve: Oh, that's too bad.

Ted: ③（我應該更早完成它的。）

主詞　動詞　受詞　修飾語

①.（　）we（　）to（　）the（　）this weekend?

主詞　動詞　主詞　動詞　修飾語

②.（　）（　）（　）（　）, but I（　）（　）（　）my science（　）.

主詞　動詞　受詞　修飾語

③.（　）（　）（　）（　）it earlier.

〔解答〕

①. Shall we go to see the movie this weekend?

②. I would like to, but I have to finish my science report.

③. I should have finished it earlier.

章末測驗・2

閱讀下面的對話小短文，將其中的中文句子翻譯成英文，並在底下的括弧中填入正確的單字。核對答案完畢後，請試著大聲唸出全文數次。

Kate: What are you reading, Bess?

Bess: I'm reading *Pride and Prejudice*.

Kate: Oh, I know *Pride and Prejudice*.

①（這是珍・奧斯汀寫的。）

Bess: I've read this one many times.

I like Jane Austen.

Kate: I like her, too.

②（她的書有很多人在閱讀。）

Bess: Yes, that's right.

主詞　動詞　修飾語

①. (　　)(　　)(　　)(　　) **Jane Austen.**

	主詞	動詞	修飾語

②. (   ) **books** (   ) (   ) (   ) **many** (   ) .

〔解答〕

①. It was written by Jane Austen.

②. Her books are read by many people.

〔章末測驗全譯〕

（～電話中～）

Steve: 嗨，泰德。我是史蒂夫。

Ted: 嗨，史蒂夫。怎麼了？

Steve: 我聽說有一部好看的電影就快要上映了。
這個週末我們就去看那部電影如何？

Ted: 這個週末？嗯……
我很想去，但我必須做完我的科學報告。

Steve: 噢，那真是太慘了。

Ted: 我應該更早完成它的。

2.

Kate: 妳在看什麼書，貝絲？

Bess: 我正在看《傲慢與偏見》。

Kate: 噢，我知道《傲慢與偏見》。
這是珍．奧斯汀寫的。

Bess: 我已經讀過很多次了。
我喜歡珍．奧斯汀。

Kate: 我也喜歡她。
她的書有很多人在閱讀。
Bess: 嗯，沒錯。

第 4 天

句子主詞這樣找，文法即戰力

誠如前述，主詞相當於句中「～是」的部分。英文造句時，首要掌握的是主詞，接著再思考動詞，所以決定和建立主詞的方法相當重要。今天將從句型1複習到句型5，目標是能確實寫出和說出主詞。

今天就學會這個！

- ☑ 用名詞和代名詞當主詞。
- ☑ 用不定詞和動名詞當主詞。
- ☑ 使用關係代名詞 what。
- ☑ 使用其他類型的子句。

① 可當主詞的名詞

就如各位所知，**名詞可以作為主詞之用**。但仔細觀察英文的句子就會知道，動詞變化的規則乃是依名詞的種類而異，遇到單數形式和複數形式時會有所不同。

所以，我們先來了解名詞的種類和動詞變化的方法。

	主詞	動詞	修飾語
①	**My brother**	**lives**	**in Canada.**

→ 我的哥哥住在加拿大。

例句①的brother是**普通名詞**兼可數名詞，要加a（an）或the等冠詞，或是變成複數形式。這裡的brother是第三人稱單數，動詞現在式要加上單數s。

	主詞	動詞	補語
②	**My family**	**are**	**all wrestling fans.**

→ 我的家人都是摔角迷。

例句②的主詞family，是把重點放在組成family的每個人身上，所以要當成複數形式，因此be動詞就要變化成are。

類似這樣用來描述一群對象的名詞稱為「**集合名詞**（Collective Noun）」（大部分為可數名詞）。除了 family，還有 class（班級）、team（團隊）、group（小組）等，也都屬於集合名詞。附帶一提，如果整個 family **被視為一個集合體時，be 動詞就要用 is**。

	主詞	動詞	補語	修飾語
③	**Money**	**is**	**important**	**in our life.**

→ 金錢在我們的生活當中很重要。

例句③的 money 屬於金屬、液體、材料等物品類的「**物質名詞**」，沒有固定的形體，無法計算出數量（不可數名詞）。

由於是單數形式，因此 be 動詞用 is。類似的其他名詞還有 water（水）、milk（牛奶）、coffee（咖啡）、tea（茶）等。

	主詞	動詞	補語	修飾語
④	**Friendship**	**is**	**important**	**to me.**

→ 對我來說，友誼很重要。

例句④的friendship稱為「**抽象名詞**」。由於是概念，無法計算出數量，所以be動詞要用is。類似的其他名詞還有happiness（幸福）、beauty（美）、freedom（自由）、importance（重要性）等。

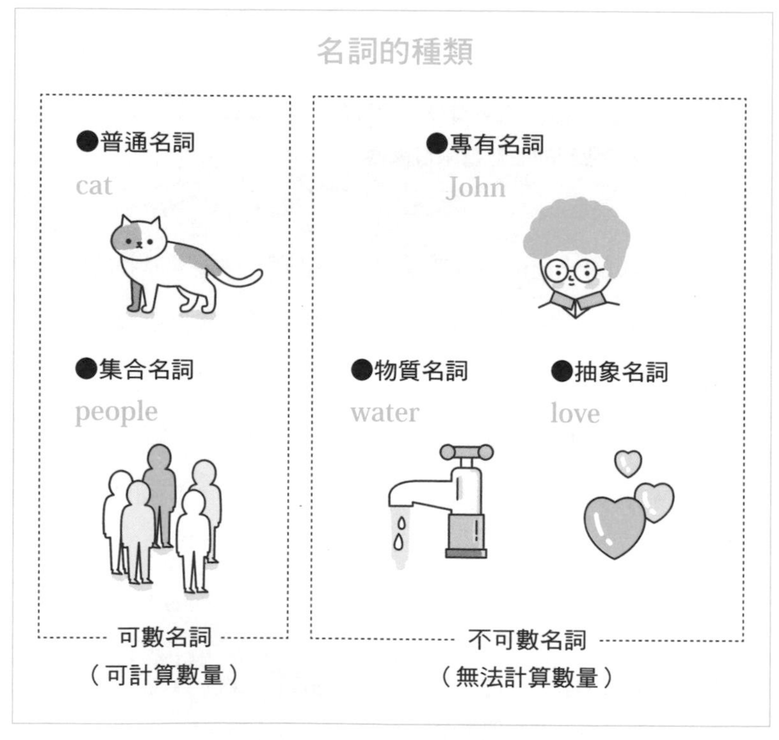

② 無生物主詞

若要論英文的獨特之處，其中一點就是**無生物主詞**。

主詞 動詞 受詞 補語

① **Music makes me happy.**

→ 音樂讓我快樂。

例句①是英文的表達方式，若換成中文說，就要用「**我聽音樂會感到快樂**」才自然，兩種語言的思維模式可說是天差地遠。

像這一類「**某件事物讓～**」的句型，其中的主詞「物」就稱為無生物主詞。

通常可以分為以下3種模式。

「某件事物讓人～」

主詞 動詞 受詞 補語

② **Computers enabled us to send emails.**

→ 電腦讓我們可以寄電子郵件。

主詞 動詞 受詞 補語

③ **My job allows me to save a lot of money.**

→ 我的工作讓我可以存很多錢。

	主詞	動詞	受詞	修飾語
④	This album	reminds	me	of my school days.

→ 這本相簿讓我想起我的學生時代。

「某件事物不讓人～」

	主詞	動詞	受詞	修飾語
⑤	Hard work	keeps	her	from sleeping enough.

→ 繁重的工作讓她睡不飽。

	主詞	動詞	受詞	修飾語
⑥	Heavy snow	prevented	trains	from coming on time.

→ 大雪阻礙了火車的準時到來。

其他

	主詞	動詞	受詞	修飾語
⑦	This road	takes	you	to the library.

→ 這條路會帶你到圖書館。

類似的詞彙還有很多，以上列舉的都是典型的例子。接著，就來複習吧。

文法練習・1

將可當主詞的名詞①（第 138 頁）、無生物主詞④和⑥（第 142 頁），改寫成否定句和疑問句，並以 Yes 答覆疑問句。

【解答】

可當主詞的名詞①

My brother doesn't live in Canada. ／

Does your brother live in Canada? ／ Yes, he does.

無生物主詞④

This album doesn't remind me of my school days. ／

Does this album remind you of your school days? ／

Yes, it does.

無生物主詞⑥

Heavy snow didn't prevent trains from coming on time. ／

Did heavy snow prevent trains from coming on time? ／

Yes, it did.

實戰練習・1

將下方的中文翻譯成英文，並在每個括弧中填入一個單字。答案核對完畢後，請試著大聲唸出來。

主詞 動詞 受詞 補語

1. ( )( )( ) **me to succeed.**

→ **他的忠告讓我得以成功。**

主詞 動詞 補語 修飾語

2. ( )( ) **an** ( )( ) **for** ( ).

→ **自由對我們來說是一項重要的權利。**

主詞 動詞 受詞 修飾語

3. ( )( )( )( ) **his** ( ).

→ **鮑伯讓我想起了他的爸爸。**

主詞 動詞 受詞 修飾語

4. ( )( )( )( )( )( ) **to school.**

→ **他的病讓他無法上學。**

【解答】

1. His advice enabled me to succeed.
2. Freedom is an important right for us.
3. Bob reminds me of his father.
4. His sickness prevented him from coming to school.

3 代名詞

接下來，要介紹各種可作為主詞使用的代名詞。

人稱代名詞

顧名思義，人稱代名詞（Personal Pronoun）就是代替人或事物的代名詞，用來區分說話者、聽話者和被提及的第三者，**與名詞一樣可以作為主詞**。讓我們看看每一種人稱代名詞的特性吧。

I、you、she、they、it 等

這些人稱代名詞都可以成為主詞。

主詞　動詞　補語

① **She is a chairperson.**

→ 她是主席。

主詞　動詞　受詞

② **We play cards.**

→ 我們在玩撲克牌。

籠統代表「眾人」的主詞

有時 you（你們）、we（我們）、they（他們）並非用來指稱具體的對象，而是籠統的代表「眾人」。

	主詞	動詞	受詞	修飾語
③	**You**	**can't drink**	**alcohol**	**until you're 20.**

→ 20歲以前不能喝酒。

	主詞	動詞	受詞	修飾語
④	**We**	**had**	**much rain**	**in June.**

→ 6月下了很多雨。

	主詞	動詞	受詞	修飾語
⑤	**They**	**speak**	**Chinese**	**here.**

→ 這裡的人說中文。

it的用法

遇到以下情況時，it就會當成主詞使用，但本身並不具備特別的含意。

A. 天氣

	主詞	動詞	補語	修飾語
⑥	**It**	**will be**	**cloudy**	**tomorrow.**

→ 明天將會是陰天。

B. 冷暖

	主詞	動詞	補語	修飾語
⑦	**It**	**is**	**cold**	**here in Sydney.**

→ 雪梨很冷。

C. 時間（幾點鐘）

	主詞	動詞	補語	修飾語
⑧	**It**	**is**	**8 o'clock**	**now.**

→ 現在是 8 點鐘。

D. 距離

	主詞	動詞	補語	修飾語	修飾語
⑨	**It**	**is**	**2km**	**from here**	**to the station.**

→ 從這裡到車站距離 2 公里。

E. 所需費用和時間

	主詞	動詞	（受詞）	受詞	修飾語
⑩	**It**	**cost**	**(me)**	**NTD3,000**	**to buy the ring.**

→ 買這只戒指花了（我）3 千元。

	主詞	動詞	（受詞）	受詞	修飾語
⑪	**It**	**takes**	**(me)**	**30 minutes**	**to go to school.**

→ 上學要花（我）30 分鐘。

F. 天色

主詞	動詞	補語	修飾語	修飾語
It	got	dark	quickly	around here.

⑫ **It got dark quickly around here.**

→ 周圍突然變暗了。

類似的用法還有很多，it的用途還真廣！

指示代名詞

指示代名詞（Demonstrative Pronoun）是用來指稱特定的人事物，使用 this、these、that、those 這些詞彙，分別表示「這個」、「這些」、「那個」及「那些」的含意（按：前兩者指的是接近說話者的事物；後兩者則是遠離說話者的事物）。

例句如下：

	主詞	動詞	補語
①	**Those**	**are**	**old stamps.**

→ 那些是舊郵票。

	主詞	動詞	補語
②	**Those stamps**	**are**	**old.**

→ 那些郵票是舊的。

例句①和②的表達方式不同，但句意是相同的。

不定代名詞

不定代名詞並非指稱特定的事物，而是用於**指稱不特定的事物**，例如：

some（有一些）、others（剩下的）

主詞 動詞 受詞 主詞 動詞 受詞

① **Some people like natto, and others don't like it.**

→ 有些人喜歡納豆，其他人則不喜歡。

one、the other（兩者中的另一個）

主詞 動詞 補語 主詞 動詞 補語

② **One of my sisters is a librarian and the other is a student.**

→ 我的姊姊當中有一個是圖書館員，另一個是學生。

如果「**兩個人當中一個是 A，一個是 B**」時，就要使用「one, the other ～」的表達法。

只要在兩個人當中指定一個，也就形同指定了另一個人是誰，所以 other 前面要加上具有「指定」含意的 the。

three、the others、both、either、neither、all of、each of 及 none of

主詞 動詞 受詞 主詞 動詞 受詞

③ **Three students passed the exam, but the others failed it.**

→ 有 3 名學生通過了這場考試，其他人卻不及格。

若在全體當中「**〇人是A，剩下的是B**」時，就要使用「〇, the others～」。

例句③在全體當中指定 3 個人後，就形同指定了剩下的人是誰，所以 other 要加上具有指定之意的 the。

主詞 動詞 修飾語

④ **Both of you can come to the party.**

→ 你們兩人都可以參加派對。

主詞 動詞 受詞

⑤ **Either of you can attend the meeting.**

→ 你們其中一人可以出席這場會議。

主詞 動詞 修飾語

⑥ **Neither of you can come to the party.**

→ 你們兩人都不能參加派對。

both of you表示「**兩人當中的雙方**」的意思，either of you是「**兩人當中的其中一個**」，neither of you則是「**兩人當中都沒有**」。both of you是複數形式，後面兩個則是單數形式。

那麼，3人或3個以上時，該怎麼說才好呢？

	主詞	動詞	受詞
⑦	**All of the students**	**have to wear**	**school uniforms.**

→ 所有學生都必須穿制服。

	主詞	動詞	修飾語
⑧	**Each of these cars**	**was made**	**in Japan.**

→ 這裡的每一輛車都是日本製的。

	主詞	動詞	修飾語
⑨	**None of us**	**is**	**against your idea.**

→ 我們沒有人反對你的點子。

例句⑦的意思是「**3人或3個以上所有的人事物**」，例句⑧是「**3人或3個以上的事物當中的每一個**」，而⑨是「**三者或三者以上中沒有一個人（事物）**」。

不定代名詞的比較差異

some 和 others

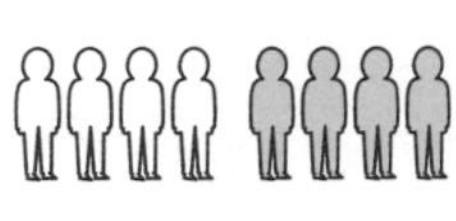

某些人　另外一些人

one 和 the other

一個人　另外一個人

three 和 the others

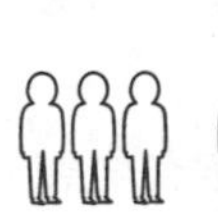

3 個人　剩下的人

Both of you

你們兩個人

Either of you

你們其中一個人

Neither of you

你們兩個人都沒有

All of the ～

3 個人以上的
所有人

Each of ～

3 個人以上的
每一個人

None of ～

3 個人以上當中
沒有一個人

文法練習・2

將人稱代名詞⑥（第 146 頁）、⑫（第 148 頁）及指示代名詞①（第 149 頁），改寫成否定句和疑問句，並且要用 Yes 答覆疑問句。

〔解答〕

人稱代名詞⑥

It won't be cloudy tomorrow. ／

Will it be cloudy tomorrow? ／ Yes, it will.

人稱代名詞⑫

It didn't get dark quickly around here. ／

Did it get dark quickly around here? ／ Yes, it did.

指示代名詞①

Those aren't old stamps. ／

Are those old stamps? ／ Yes, they are.

實戰練習・2

請想想下列的提示詞彙中，哪一個應該成為主詞？再重新排列組合，寫出正確的英文句子（每個括弧中填一個單字）。

1. 2月會下一些雪。
（some、snow、in、here、have、February、we）
主詞 動詞 受詞 修飾語 修飾語
(　)(　)(　)(　)(　)(　)(　).

2. 這裡距離學校 1 公里。
（is、here、1km、school、from、it、to）
主詞 動詞 補語 修飾語 修飾語
(　)(　)(　)(　)(　)(　)(　).

3. 寫功課花了我 2 個小時。
（my homework、two hours、me、took、finish、it、to）
主詞 動詞 受詞 受詞 修飾語
(　)(　)(　)(　)(　)(　)(　)(　)(　).

4. 有些人打網球，其他人則踢足球。
（people、tennis、others、play、play、soccer、some）
主詞 動詞 受詞 主詞 動詞 受詞
(　)(　)(　)(　) **and** (　)(　)(　).

5. 那些山很美。

（are、those、beautiful、mountains）

主詞 動詞 補語

(　　)(　　　　)(　　)(　　　　).

6. 我的叔叔中，有一個是廚師，另一個是藝術家。

（one of、a cook、an artist、is、the other、my uncles、is）

主詞 動詞 補語

(　　)(　　)(　　)(　　)(　　)(　　)(　　) **and**

主詞 動詞 補語

(　　)(　　)(　　)(　　)(　　).

〔解答〕

1. We have some snow here in February.
2. It is 1km from here to school.
3. It took me two hours to finish my homework.
4. Some people play tennis and others play soccer.
5. Those mountains are beautiful.
6. One of my uncles is a cook and the other is an artist.

4 把「做～」當主詞：不定詞、動名詞、關係代名詞

前面介紹了各種詞類作為主詞時的用法，最後要來介紹不定詞、動名詞（Gerund）以及一些句子作為主詞使用的情況。

不定詞當主詞

不定詞採用「to＋原形動詞」的形式，被當名詞使用時，會翻譯成「做～」。作為主詞時，「To read books」的意思是「讀書」這件事，「To play tennis」則是「打網球」這件事。

	主詞	動詞	補語
①	**To read books**	**is**	**important.**

→ 讀書很重要。

	主詞	動詞	補語
②	**To play tennis**	**is**	**a lot of fun.**

→ 打網球很開心。

動名詞

動名詞的形態是「V-ing」[2]，與不定詞的名詞用法一樣，翻譯成「做～」。

動名詞成為主詞後，就可以表示「**做～**」的意思。比方說「Studying English」放在句首，就可以作為主詞，意思是「學英語」這件事。

	主詞	動詞	補語
③	**Reading books**	**is**	**important.**

→ **讀書很重要。**

	主詞	動詞	補語
④	**Studying English**	**is**	**a lot of fun.**

→ **學英語很開心。**

2：現在分詞的形態也是V-ing，但其扮演的詞性是形容詞，可用來修飾名詞或作補語。

關係代名詞what當主詞

	主詞	動詞	補語
①	**What he said**	**was**	**true.**

→ 他說的是真的。

在此，what是關係代名詞[3]（Relative Pronoun），但做為主詞時，它不用修飾名詞，所以不需要先行詞[4]；後面接一般動詞。單憑what就足以表示「～做的」。

	主詞	動詞	補語
②	**What I know about him**	**is**	**only his name.**

→ 我知道的就只有他的名字。

	主詞	動詞	補語
③	**What my father made**	**was**	**this chair.**

→ 我爸爸製作的就是這張椅子。

3：同時具有連接詞及代名詞兩種作用。主要有who、whom、whose、which、that；關係代名詞所修飾的名詞，稱為先行詞。

4：句子中的代名詞所代替的名詞或修飾詞。例如：Paul lost his wallet.，代名詞his的先行詞就是Paul。另一個例子是：「There is a shop which sells foreign goods.」關係代名詞which指的就是shop，所以shop是which的先行詞。

關係代名詞what引領的子句，多半會變成「**what＋主詞＋動詞**」的形式。

例句①的what he said，含意是「他說的」；例句②的「我知道的」，會變成「what I know」；例句③的「我爸爸製作的」，則會變成「what my father made」。

其他詞句和子句當主詞

虛主詞 動詞 補語 修飾語 真主詞

① **It is easy for me to read the English book.**

→ 對我來說，閱讀這本英文書很簡單。

例句①就如同我們在不定詞當主詞中所看到的一樣，也可以寫成「To read the English book is easy for me.」。但**英語不喜歡主詞太長**，所以要利用it，先寫成It is easy for me（對我來說很簡單），後面再寫上真主詞to read the English book（閱讀這本英文書），讓句子成立。

虛主詞 動詞 補語 真主詞

② **It is true that Mary passed the exam.**

→ 瑪莉通過考試是真的。

例句②一樣，要先寫出It is true（是真的），後面再接上真主詞that Mary passed the exam（瑪莉通過考試）。

	虛主詞	動詞	補語	真主詞
③	**It**	**is**	**unknown**	**whether he left Japan.**

→ 不知道他是否離開了日本。

例句③也一樣，總之一定要先寫出It is unknown（不知道），後面再接上真主詞whether he left Japan（他是否離開了日本）。「whether＋主詞＋動詞」要表達的是「S是否V」的含意。

文法練習・3

將不定詞當主詞用法①（第157頁）、關係代名詞what當主詞①（第159頁）及其他詞句和子句當主詞①（第160頁），分別改寫成否定句和疑問句，並且用Yes來答覆疑問句。

〔解答〕

不定詞當名詞①

To read books isn't important. ／

Is to read books important? ／ Yes, it is.

關係代名詞what當主詞①

What he said wasn't true. ／

Was what he said true? ／ Yes, it was.

其他詞句和子句當主詞①

It isn't easy for me to read the English book. ／

Is it easy for you to read the English book? ／ Yes, it is.

實戰練習・3

請想想下列的提示詞彙中，哪一個應該成為主詞？再重新排列組合，寫出正確的英文句子（每個括弧中填一個單字）。

1. 學歷史對我們來說很有趣。

（for、history、us、study、is、to、it、interesting）

虛主詞 動詞 補語 修飾語 真主詞

( ) ( )( )( )( )( )( )( ).

2. 他寫的事情相當重要。

（was、he、important、wrote、what、very）

主詞 動詞 補語

( )( )( )( )( )( ).

3. 看電影真是刺激。

（movies、is、exciting、watching）

主詞 動詞 補語

( )( )( )( ).

4. 不知道湯姆是否敢吃壽司。

（sushi、Tom、is、can、unknown、eat、whether、it）

虛主詞 動詞 補語 真主詞

( ) ( ) ( )( )( )( )( )( ).

5. 遵守學校的規則是很重要的。

（that、follow、you、it、important、is、the school rules）

虛主詞 動詞 補語 真主詞

(　)　(　)(　　)(　　)(　)(　　)(　)(　　)(　　).

〔解答〕

①. It is interesting for us to study history.

②. What he wrote was very important.

③. Watching movies is exciting.

④. It is unknown whether Tom can eat sushi.

⑤. It is important that you follow the school rules.

章末測驗

閱讀下面的對話小短文，將其中的中文句子翻譯成英文，並在底下的括弧中填入正確的單字。核對答案完畢後，請試著大聲唸出全文數次。

Mary: What did you do during the winter vacation?

Kate: I went to northern Japan with my friend.
We made a small snowhouse.

Mary: That sounds nice.
①（對你們來說，蓋雪屋會很困難嗎？）

Kate: No, not at all.
②（它只花了我們 20 分鐘。）
Some volunteers made bigger ones.
③（蓋一座更大的雪屋或許就難了。）

Mary: What did you do in the snowhouse?

Kate: We ate rice cakes. ④（雪屋裡很溫暖。）

動詞 虛主詞 補語 修飾語 真主詞

①.（ ）（ ）（ ）（ ）（ ）（ ）（ ）**a snowhouse?**

主詞 動詞 受詞 受詞

②.（ ）（ ）（ ）**only**（ ）（ ）.

虛主詞　動詞　補語　真主詞

③. (　　)(　　)(　　)(　　)(　　)(　　) **a big one.**

主詞　動詞　補語　修飾語

④. (　　)(　　)(　　) **in a snowhouse.**

〔解答〕

①. Was it difficult for you to make a snowhouse?

②. It took us only twenty minutes.

③. It may be difficult to make a big one.

④. It is warm in a snowhouse.

〔章末測驗全譯〕

Mary: 妳在寒假期間做了什麼？

Kate: 我和我朋友去了日本北部。

我們蓋了一座小雪屋。

Mary: 聽起來很棒。

對你們來說，蓋雪屋會很困難嗎？

Kate: 不，一點也不會。

它只花了我們 20 分鐘。

有些志工蓋了更大的雪屋。

蓋一座更大的雪屋或許就難了。

Mary: 妳們在雪屋裡做了什麼？

Kate: 我們吃了年糕。雪屋裡很溫暖。

第 5 天

強化口語能力的關鍵：補語

今天要學習句型2至句型5中所出現的補語。藉著學習5大句型中沒有出現過的各種補語，保證表達能力可以突飛猛進。比較困難的構句也會出現，請多加努力學習。

今天就學會這個！

- 學會用名詞和代名詞當補語。
- 學會用形容詞、形容詞比較級。
- 學會用不定詞和動名詞當補語。
- 學會用關係代名詞 what 當補語。
- 學會用 that 子句和 whether 子句當補語。
- 學會用分詞當補語。

① 句型2的補語和比較句型

現在要來介紹在句型2（S＋V＋C）中作為補語使用的各種詞類。

名詞和代名詞當補語

就和第4天的主詞一樣，在這章節也要先處理名詞的問題。

	主詞	動詞	補語	修飾語
①	**Baseball**	**is**	**a national sport**	**in Japan.**

→ 棒球在日本是國民運動。

	主詞	動詞	補語
②	**This**	**must be**	**a rice cake.**

→ 這一定是年糕。

例句①的 a national sport 和例句②的 a rice cake，都是以名詞的形式當補語。這時 Baseball ＝ a national sport、This ＝ a rice cake的句型2關係會成立。（請參考第39頁）下一個是當作補語用的代名詞。

主詞 動詞 補語

① **It is me.**

→ 是我。

主詞 動詞 補語

② **It is hers.**

→ 那是她的。

例句①是聽到 Who is it?（是誰？）時，說出 It is me. 當作回答。例句②則是聽到 Whose bag is it?（這個包包是誰的？）時，以「It is hers.」來回答。此時，人稱代名詞會成為補語。

形容詞當補語的比較句型

前面已學過過當作補語用的名詞和代名詞，接著是形容詞。

主詞 動詞 補語

① **I am tall.**

→ 我長得很高。

此時，形容詞tall就成為補語。接下來，試著將它改成比較級和最高級。

	主詞	動詞	補語	修飾語
②	**I**	**am**	**taller**	**than Tom.**

→ 我比湯姆高。

	主詞	動詞	補語	修飾語
③	**I**	**am**	**the tallest**	**in this class.**

→ 我是班上最高的。

比較級

I am taller than Tom.

最高級

I am the tallest in this class.

各位還記得改成比較級的方法嗎？例句②的補語形容詞變成了比較級，藉由「**A is 形容詞-er than B**」的句型，來表達「A比B更～」的比較。

而例句③的補語形容詞也變成了最高級，藉由「A is the 形容詞 -est」的句型，表達「**A 是最～**」的最高級。

主詞　動詞　補語　修飾語

④ **I　am　as tall　as my father.**

→ 我和我爸一樣高。

主詞　動詞　補語　修飾語

⑤ **I　am not　as tall　as my uncle.**

→ 我不像叔叔那樣高。

例句④是以「as～as」夾住補語 tall，改成「A is as～as B」（**A 和 B 一樣～**）的原級。例句⑤雖然是④的否定句，但要注意意思是「**A 不像 B 那樣～**」，而非「B 不像 A 那樣～」。

主詞　動詞　補語　修飾語

⑥ **English　is　more interesting　than math.**

→ 英語比數學還要有趣。

主詞　動詞　補語　修飾語

⑦ **English　is　the most interesting　of all.**

→ 英語是所有學科當中最有趣的。

要特別留意的是，如果是具有較多音節的形容詞（例如 interesting、important、difficult 等），會在**形容詞的前面加上 more**，藉由「A is more 形容詞 than B」的句型來表達「**A 比 B 更～**」。

此外，形容詞的比較級、最高級也有不規則變化。例 如：good → better → best、bad → worse → worst、little → less → least。

同樣的，如果是多音節形容詞的最高級，就要用「A is the most 形容詞」，才會變成「A 是最～」的含意。

進階比較句

現在要學的是進階比較句。雖然比國中英文學過的基本比較句困難一些，還是要請各位努力跟上。

	主詞	動詞	補語	修飾語
①	**I**	**am**	**much older**	**than my sister.**

→ 我遠比我妹妹年長。

想要**強調比較級的「遠比」時**，一定是**使用 much 而非 very**。

主詞 動詞 補語 修飾語

② **I am three years older than my sister.**

→ 我比我妹妹年長３歲。

主詞 動詞 補語 修飾語 修飾語

③ **I am older than my sister by three years.**

→ 我比我妹妹年長３歲。

例句②和③使用了形容詞的比較級，具體表示**兩個人物的差距**。用法是在比較級 older 的前面插入 three years，或是將句尾改成 by three years，兩者皆可。

主詞 動詞 補語

④ **My brother is growing taller and taller.**

→ 我的弟弟越長越高。

藉由使用「比較級＋比較級」，就可以像例句④一樣表示「**越～越～**」的含意。「越長越高」的「長高」部分是「is growing」。

主詞 動詞 補語 修飾語

⑤ **This room is by far the largest of all.**

→ 這個房間是所有房間當中最大的。

	主詞	動詞	補語	修飾語
⑥	**That room**	**is**	**the second largest**	**of all.**

→ 這個房間是所有房間當中第二大的。

	主詞	動詞	補語	修飾語
⑦	**This**	**is**	**one of the largest lakes**	**of all.**

→ 這是所有湖當中最大的湖之一。

要像例句⑤一樣強調最高級的「**遠比**」時，就要使用 by far（或 much）。

另外，如例句⑥所示，「**第 2 大**」的寫法是 the second largest，而「**第 3 大**」的寫法是「the third largest」。

例句⑦則是藉由「one of＋最高級＋複數名詞」，造出含意是「**最～之一**」的句子。

	主詞	動詞	補語	修飾語
⑧	**This lake**	**is**	**twice as large**	**as that one.**

→ 這座湖是那座湖的兩倍大。

補語的 large 被「twice as～as」夾在中間，用來表示「**2 倍大**」的含意。假如是「**3 倍大**」，就以「three times as～as」表示；「**一半大**」則是「half as～as」。

主詞 動詞 補語 修飾語 修飾語

⑨ **No other mountain is higher than Mt. Fuji in Japan.**

→ 在日本，沒有其他山比富士山更高。

藉由「No other ＋單數名詞 is ＋形容詞 -er than B」的句型，就可以表達出「**沒有其他～比 B 更～**」的意思。

主詞 動詞 補語 修飾語 修飾語

⑩ **No other mountain is as high as Mt. Fuji in Japan.**

→ 在日本，沒有其他山像富士山那樣高。

藉由「No other 單數名詞 is as 形容詞 as B」的句型，就可以表達出「**沒有其他～像 B 那樣～**」的含意。在上述兩種句型中，B 都會是最高級。

主詞 動詞 補語 修飾語 修飾語

⑪ **Mt. Fuji is higher than any other mountain in Japan.**

→ 在日本，富士山比其他任何一座山還高。

例句⑪是藉由「A is 形容詞 -er than any other ＋單數名詞」的句型，來表達「**A 比其他任何更～**」這種最高級的含意。

進階比較句

句型	中文
much 形容詞 -er	（比較級）遠比。
形容詞 -er and 形容詞 -er	越～越～。
one of ＋最高級＋複數名詞	最～之一。
No other ＋單數名詞＋ is 形容詞 -er than B	沒有其他～比 B 更～。
No other ＋單數名詞＋ is as 形容詞 as B	沒有其他～像 B 那樣～。
A is 形容詞 -er than any other ＋ 單數名詞	A 比其他任何更～。

實戰練習・1

將下方的中文翻譯成英文，並在每個括弧中填入一個單字。答案核對完畢後，請試著大聲唸出來。

主詞 動詞 補語 修飾語

1. ( )( )( )( )( )( ) that one.

→ 這個問題比那個問題還要困難。

主詞 動詞 補語 修飾語

2. This river ( )( )( )( )( ) river in Japan.

→ 這條河比日本其他任何一條河更長。

主詞 動詞 補語 修飾語

3. I am ( )( )( )( ) Ken .

→ 我不像肯那樣有錢。

主詞 動詞 補語 修飾語

4. ( )( )( )( )( )( )( ) that one.

→ 這座湖是那座湖的一半大。

主詞 動詞 補語 修飾語

5. My brother ( )( )( )( )( )( ).

→ 我弟弟比我小5歲。

〔解答〕

1. This problem is more difficult than that one.
2. This river is longer than any other river in Japan.
3. I am not as rich as Ken.
4. This lake is half as large as that one.
5. My brother is five years younger than I.

② 把「做～」當補語

不定詞當補語

以原形不定詞表示的不定詞，有「**做～**」的意思。即使用來當主詞補語也一樣。

	主詞	動詞	補語
①	**My dream**	**is**	**to become a scientist.**

→ 我的夢想是當科學家。

	主詞	動詞	補語	修飾語
②	**Our plan**	**is**	**to climb Mt. Fuji**	**next Sunday.**

→ 我們的計畫是下個星期日去爬富士山。

例句①、②的 to become a scientist（當科學家）和 to climb Mt. Fuji（爬富士山）在句中都可以當作補語。**夢想、計畫及其他關於未來的事情**，多半會寫成不定詞。

不定詞的完成式用法

下面介紹的是將不定詞作為補語使用的完成式用法。

主詞 動詞 補語

① **She seems to be sick.**

➡ 她好像生病了。

主詞 動詞 補語

② **She seems to have been sick.**

➡ 她當時好像生病了。

例句②的補語「have ＋過去分詞（p.p.）」，通常是用在時態早於現在簡單式之際。而例句①的 be sick（生病了）和 seems（好像）的時間點一致，所以使用的是現在簡單式 seems to be sick。

例句②的 have been sick（生病了）是過去的事情，seems（好像）則是現在的事情，所以會用 have been 表示過去的時態。

另外，從第 116 頁學到的 it 構句來看，例句①也可以改寫成「It seems that she is sick.」，而例句②則可以改寫成「It seems that she was sick.」。

動名詞當補語

主詞 動詞 補語

① **My hobby is taking pictures.**

→ 我的嗜好是拍照。

主詞 動詞 補語

② **My favorite pastime is listening to music.**

→ 我最愛的娛樂是聽音樂。

以V-ing表示的動名詞，也和不定詞的名詞用法一樣，表示「**做～**」的含意。因此，taking pictures會以「**拍照**」這件事成為補語，listening to music則是以「**聽音樂**」這件事成為補語。

③ what子句

主詞　動詞　補語

① **This is just what I wanted.**

→ 這正好是我想要的。

第159頁曾提到，關係代名詞what不需要先行詞，單憑「what S + V」就可以表示「S執行V」的意思。

換句話說，例句①是藉由what I wanted來表示「我想要的東西」，再加上just，整個句子就可以表達「這正好是我想要的」意思。

這個句子非常適合在獲贈禮物時說出，屬於常用的片語，請大家要記住，並找機會說說看。

主詞　動詞　補語

② **He isn't what he used to be.**

→ 他不是以前的他了。

例句②的what he used to be直譯為「**他（S）以前曾經有過（V）的樣子**」，意思就是「以前的他」。

換句話說，「He isn't what he used to be.」就是「**他不是以前的他了**」。

就如以下的插圖所示，只需替換掉He的部分，就可以適用於不同的對象。

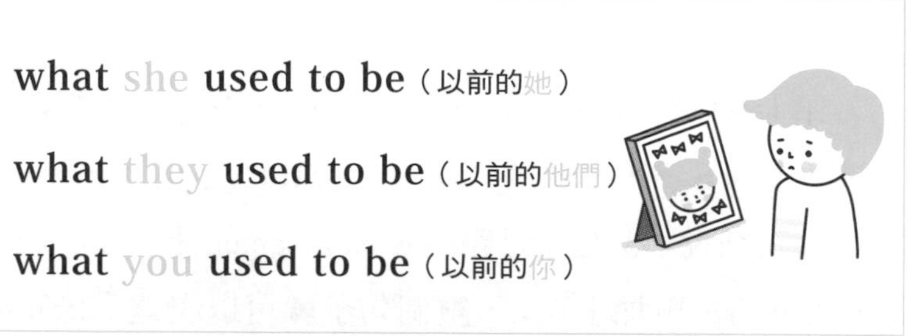

	主詞	動詞	補語	修飾語
③	This	is	what I ate	yesterday.

→ 這是我昨天吃過的。

例句③的what子句並非習慣用法，與前面介紹的例句①和例句②不同。意思會直接變成「**我（S）吃過（V）的東西**」。

4 that子句、whether子句

主詞　動詞　補語

① **The fact　is　that she told a lie.**

→ 事實是她說了謊。

主詞　動詞　補語

② **The problem　is　that we don't know much about our history.**

→ 問題是我們對我們的歷史了解不多。

例句①和②分別為事實是「that＋後面子句」、問題是「that＋後面子句」，以that引導子句當補語，強調事實和問題。

主詞　動詞　補語

③ **The question　is　whether he can eat raw fish.**

→ 問題在於他是否敢吃生魚片。

例句③使用帶有「是否～」意思的whether，將問題在於「**whether＋後面子句**」這一整段的子句變成補語。

與what一樣，將that子句和whether子句做各種變化後（如引導名詞子句等），就可以應用在各情境當中。

5 現在分詞、過去分詞

接下來要介紹的是句型5的補語造句法，大家繼續加把勁吧！

如下所示，現在分詞（V-ing）和過去分詞一樣，都可以作為補語之用。

	主詞	動詞	補語	修飾語
①	She	kept	reading	for two hours.

→ 她持續閱讀了兩個小時。

例句①的「keep ＋ V-ing」是「**持續**」的意思。

這個句子的「kept」即使變成be動詞「was」，句子也會成立（She was reading for two hours），所以**kept和be動詞的作用相同**。

	主詞	動詞	補語	修飾語
②	My mother	sat	surrounded	by her grandchildren.

→ 我母親的孫子們都圍坐在她的身旁。

例句②是「不及物動詞＋過去分詞（p.p.）」，可以用來表達「**正在被怎麼樣**」的意思。

這裡要特別注意的是，倘若「sat」變成be動詞，句子也會成立（My mother was surrounded by her grandchildren.）。

現在就來複習吧！

文法練習・1

將不定詞當補語②（第178頁）、動名詞當補語①（第180頁）、what子句③（第182頁）及現在分詞、過去分詞當補語①（第184頁），分別改寫成否定句和疑問句，並以Yes答覆疑問句。

〔解答〕

不定詞當補語②

Our plan isn't to climb Mt. Fuji next Sunday. ／
Is your plan to climb Mt. Fuji next Sunday? ／ Yes, it is.

動名詞當補語①

My hobby isn't taking pictures. ／
Is your hobby taking pictures? ／ Yes, it is.

what子句③

This isn't what I ate yesterday. ／
Is this what you ate yesterday? ／ Yes, it is.

現在分詞、過去分詞當補語①

She didn't keep reading for two hours. ／
Did she keep reading for two hours? ／ Yes, she did.

實戰練習・2

將下方的中文翻譯成英文，並在每個括弧中填入一個單字。答案核對完畢後，請試著大聲唸出來。

主詞 動詞 補語

1. ( )( )( )( )( )( )( ).

→ 她不是以前的她了。

主詞 動詞 補語

2. The ( )( )( )( )( )( )( )( ).

→ 重要的是我們要互相幫助。

主詞 動詞 補語 修飾語

3. ( )( )( )( )( ) from him .

→ 這是我從他那邊聽來的。

主詞 動詞 補語 修飾語

4. ( )( )( ) for ( )( ).

→ 她持續唱了 2 個小時。

〔解答〕

1. She isn't what she used to be.
2. The important thing is that we help each other.
3. This is what I heard from him.
4. She kept singing for two hours.

6 句型 5 的補語

現在要看的是句型 5（S + V + O + C）的補語。

分詞當補語

主詞 動詞 受詞 補語 修飾語

① **He kept me waiting for an hour.**

→ 他讓我持續等了一個小時。

「keep ＋ O ＋現在分詞（V-ing）」的句型，表示「**讓 O 持續～**」的意思。從句子本身的意思來看，這裡的受詞其實也能當補語的主詞，另外造句為：

I am waiting for ～ .

主詞 動詞 受詞 補語

② **We left the door unlocked.**

→ 我們讓這扇門持續開著。

「leave ＋ O ＋過去分詞（p.p.）」的句型，表示「**讓 O 持續被～**」的意思。在這裡，受詞和補語的關係一樣，受詞the door依然能當補語的主詞，另外造句為：

The door is unlocked.

感官動詞的補語

諸如see、hear、feel，以及其他表達所見、所聞及所感的動詞，都稱為**感官動詞**。

感官動詞會採用分詞和原形不定詞（去掉to的不定詞，也就是原形動詞）作為補語。

	主詞	動詞	受詞	補語
①	**We**	**saw**	**a man**	**cross the street.**

→我們看見一個男人穿越這條街道。

	主詞	動詞	受詞	補語
②	**We**	**saw**	**a man**	**crossing the street.**

→我們看見一個男人正在穿越這條街道。

	主詞	動詞	受詞	補語
③	**We**	**saw**	**a girl**	**scolded by her mother.**

→我們看見一個女孩被她媽媽罵了。

例句①是藉由「see＋O＋原形不定詞」的句型，表達「**看到O～**」的意思；例句②則是藉由「see＋O＋現在分詞（V-ing）」，表達「**看到O正在～**」的意思；例句③是藉由「see＋O＋過去分詞（p.p.）」，表達「**看到O被～**」的意思。

例句①和②的差異有點難分辨。

例句①是我們**全程看到**「男人穿越街道」的動作；例句②則是我們在「男人穿越街道」的**途中別開了目光**，並沒有全程看完。

We saw a man cross the street.

We saw a man crossing the street.

例句①、②、③的受詞a man，也能當補語的主詞，分別另外造句為：

- **A man crosses the street.**

② A man is crossing the street.
③ A girl is scolded by her mother.

我們也來看看同樣是感官動詞的 hear。

	主詞	動詞	受詞	補語
④	I	heard	the boy	sing the song.

→ 我聽到那個男孩唱這首歌。

	主詞	動詞	受詞	補語
⑤	I	heard	the girl	playing the piano.

→ 我聽到那個女孩在彈鋼琴。

	主詞	動詞	受詞	補語
⑥	I	heard	my name	called.

→ 我聽到我的名字被叫到。

例句④是「hear＋O＋原形不定詞」，表示「**聽到O～**」的意思；例句⑤是「hear＋O＋現在分詞（V-ing）」，表示「**聽到O正在～**」的意思；例句⑥是「hear＋O＋過去分詞」，表示「**聽到O被～**」的意思。

在這裡，受詞和補語的關係也一樣，受詞依然能當補語的主詞。

例句④、⑤、⑥的受詞，也能當補語的主詞，分別另外造句為：

- **The boy sings the song.**
- **The girl is playing the piano.**
- **My name is called.**

使役動詞的補語

具有「**命令人做～**」含意的動詞，稱為使役動詞，比如 make、have、let 就屬於這種動詞。

	主詞	動詞	受詞	補語
①	**My mother**	**made**	**me**	**clean my room.**

→ 我媽媽要我打掃房間。

例句①是藉由「make ＋ O ＋原形不定詞」的句型，來表達「**（強制）要 O 做～**」的含意。在這裡也一樣，受詞 me 也能當補語的主詞（另造句為 I clean my room）。

主詞 動詞 受詞 補語

② I had my uncle repair my bike.

→ 我要我叔叔修理我的腳踏車。

主詞 動詞 受詞 補語

③ I had my hair cut.

→ 我去剪頭髮了。

例句②是藉由「have ＋ O ＋原形不定詞」，表達「**要O做、要O幫忙～**」的意思。

例句③是藉由「have ＋ O ＋過去分詞（p.p.）」，表達「**要O被～、要O受到幫忙**」。

這裡的受詞也能當補語的主詞，另外造句為：「My uncle repairs my bike.」和「My hair was cut.」。

主詞 動詞 受詞 補語

④ My father let me go out.

→ 我爸爸允許我外出。

例句④是藉由「let ＋ O ＋原形不定詞」，表達「**別人允許O做想做的事情**」的含意。這個句子也一樣，受詞會成為補語的主詞（另外造句為 I go out）。

to 不定詞當補語

有時候，to 不定詞也會當作補語用。比如藉由「ask＋人＋to～」，就會變成「**要求別人做～**」的含意。這裡的 ask 是「要求」的意思，並非「詢問」之意。

主詞	動詞	受詞	補語
① **I**	**asked**	**him**	**to come with me.**

→ 我要求他跟我來。

I asked him to come with me.

我要求別人做～

主詞	動詞	受詞	補語
② **Tom**	**advised**	**me**	**to practice dance harder.**

→ 湯姆建議我要更努力練習舞蹈。

例句②屬於「advise＋人＋to～」的形式，意思會變成「**建議某人做～**」。接下來，我會列舉幾個相同形式的動詞及其例句。

	主詞	動詞	受詞	補語
③	**I**	**want**	**you**	**to join us.**

→ 我要你加入我們。

	主詞	動詞	受詞	補語
④	**She**	**told**	**me**	**to get up earlier.**

→ 她告訴我要更早起床。

	主詞	動詞	受詞	補語
⑤	**He**	**allowed**	**me**	**to use his computer.**

→ 他允許我用他的電腦。

	主詞	動詞	受詞	補語
⑥	**They**	**expected**	**me**	**to win the game.**

→ 他們期望我贏得比賽。

文法練習・2

感官動詞的補語①（第 188 頁）、使役動詞的補語④（第 192 頁）及 to 不定詞當補語②（第 193 頁），分別改寫成否定句和疑問句，並以 Yes 答覆疑問句。

〔解答〕

感官動詞的補語①

We didn't see a man cross the street. ／

Did you see a man cross the street? ／ Yes, we did.

使役動詞的補語④

My father didn't let me go out. ／

Did your father let you go out? ／ Yes, he did.

to 不定詞當補語②

Tom didn't advise me to practice dance harder. ／

Did Tom advise you to practice dance harder? ／

Yes, he did.

實戰練習・3

將下方的中文翻譯成英文，並在每個括弧中填入一個單字。答案核對完畢後，請試著大聲唸出來。

主詞 動詞 受詞 補語

1. ( )( )( )( )( ) guitar.

→ 當時我聽到他正在彈吉他。

主詞 動詞 受詞 補語 修飾語

2. ( )( ) my ( )( ) by my father.

→ 我要我爸爸幫忙修理（repair）我的手錶。

主詞 動詞 受詞 補語

3. ( )( ) an ( )( )( ) in the park.

→ 當時我看見一個老人正在公園裡跑步。

主詞 動詞 受詞 補語 補語

4. ( )( )( )( )( )( )( ) with her homework.

→ 我妹妹要我幫她寫功課。

主詞 動詞 受詞 補語

5. ( )( )( )( ) shopping.

→ 她要我去購物。

（解答）

1. I heard him playing the guitar.
2. I had my watch repaired by my father.
3. I saw an old man running in the park.
4. My sister asked me to help her with her homework.
5. She made me go shopping.

章末測驗・1

閱讀下面的對話小短文，將其中的中文句子翻譯成英文，並在底下的括弧中填入正確的單字。等核對答案完畢後，請試著大聲唸出全文數次。

尤蘭達看了班上「喜歡的運動」問卷調查，並發表結果。

【足球 14 票／棒球 10 票／籃球 8 票／網球 7 票】

Yolanda: I asked my classmates what sports they liked.

①（足球在我的班上最受歡迎。）

②（足球受歡迎的程度是網球的 2 倍。）

The second most popular sport is baseball.

③（棒球比網球更受歡迎。）

④（籃球沒有像棒球那麼受歡迎。）

⑤（昨天很多人似乎都看了足球賽。）

主詞　動詞　補語　修飾語

①.（　）（　）（　）（　）（　）（　）（　）（　）**in my class.**

主詞　動詞　補語　修飾語

②.（　）（　）（　）（　）（　）（　）**tennis.**

主詞　動詞　補語　修飾語

③.（　）（　）（　）（　）（　）**tennis.**

主詞 動詞 補語 修飾語

④. (   )(   )(   )(   )(   ) **baseball.**

主詞 動詞 補語 修飾語

⑤. (   )(   )(   )(   )(   )(   ) **the soccer game yesterday.**

〔解答〕

①. Soccer is more popular than any other sport in my class.

②. Soccer is twice as popular as tennis.

③. Baseball is more popular than tennis.

④. Basketball isn't as popular as baseball.

⑤. Many people seem to have watched the soccer game yesterday.

章末測驗・2

閱讀下面的對話小短文，將其中的中文句子翻譯成英文，並在底下的括弧中填入正確的單字。等核對答案完畢後，請試著大聲唸出全文數次。

蘭希正在談論自己的興趣。

Nancy:　①（我的興趣是騎腳踏車。）
Yesterday, I went cycling to the park.
②（在那裡，我聽到很多小鳥在鳴叫。）
After cycling, my bike was broken.
③（我明天要叫爸爸幫忙修理我的腳踏車。）

主詞　動詞　補語

①.（　）（　）（　）（　）.

主詞　動詞　受詞　補語　修飾語

②.（　）（　）（　）（　）（　）**there.**

主詞　動詞　受詞　補語　修飾語

③.（　）（　）（　）（　）（　）（　）（　）（　）**my bike tomorrow.**

【解答】

①. My hobby is cycling.
②. I heard many birds singing there.
③. I am going to have my father repair my bike tomorrow.

1.

尤蘭達： 我問我的同學們喜歡什麼運動。
足球在我的班上最受歡迎。
足球受歡迎的程度是網球的 2 倍。
第二受歡迎的運動是棒球。
棒球比網球更受歡迎。
籃球沒有像棒球那麼受歡迎。
昨天很多人似乎都看了足球賽。

2.

蘭希： 我的興趣是騎腳踏車。
昨天我騎腳踏車去了公園。
在那裡，我聽到很多小鳥在鳴叫。
騎完腳踏車後，我的腳踏車就壞了。
我明天要叫爸爸幫忙修理我的腳踏車。

第 6 天

救回高中英文的基本功：受詞

前面介紹完動詞、主詞及補語，今天要來學習句型 3、句型 4 及句型 5 中所使用的受詞。

基本的造句結構已經介紹得差不多了，距離精通英文基本功只差一步。後半場請繼續加油！

今天就學會這個！

- ☑ 學會用名詞和代名詞當受詞。
- ☑ 學會用不定詞和動名詞當受詞。
- ☑ 學會用 that 子句和 whether 子句當受詞。
- ☑ 學會用關係代名詞 what 和複合關係代名詞當受詞。

① 名詞和代名詞當受詞

說到受詞的類型，最典型的就屬名詞了。

主詞　動詞　受詞

① **I　know　her telephone number.**

→ 我知道她的電話號碼。

例句①套用的是句型3（S＋V＋O），也是把名詞當作受詞。

主詞　動詞　受詞　受詞

② **I　gave　my sister　a sweater.**

→ 我給了我妹妹一件毛衣。

例句②套用的是句型4（S＋V＋O＋O），也是把名詞當作受詞。句型4的第一個受詞必須是「人」的名詞，第二個受詞則是「物」的名詞（第46頁）。

主詞　動詞　受詞　補語

③ **I　found　geography　interesting.**

→ 我覺得地理很有趣。

例句③套用的是句型5（S＋V＋O＋C），也是把名詞當作受詞。句型5 的特色就在於在受詞後面，需要加上補語（第 51 頁）。

代名詞當受詞

下一個要介紹的，是可拿來當受詞的3 種代名詞。

所有格代名詞

主詞 動詞 受詞

① **I met a friend of mine.**

→ 我見了我的一個朋友。

所有格代名詞（Possessive Pronoun），指的是用來代替人稱代名詞的所有格及其所修飾的名詞。第一人稱為mine、ours；第二人稱為yours；第三人稱為his、hers、its、theirs。

想要表達「**我的一個朋友**」時，由於my不能和a、an、the一起使用，所以要用a friend of mine的講法，不能說 a my friend。

如果是「你的一個朋友」，就會是 a friend of yours。

不定代名詞

不定代名詞是用來指稱不特定的某個東西。首先，要我們要比較一下不定代名詞 one 和人稱代名詞 it。

I lost my dictionary yesterday.

→ 我昨天把我的辭典弄丟了。

主詞 動詞 受詞

② **I must buy a new one.**

→ 我必須買一本新的。

例句②的不定代名詞 one，是承接上一句的名詞 dictionary，但並非是萬中選一的某本辭典，而是**不特定的一本辭典**。

相對的，我們來看看人稱代名詞 it。

Did you bring the textbook?

→ 你帶了那本教科書嗎？

　　　　主詞　　　動詞　　　受詞

③ **No, I didn't bring it.**

→ 不，我沒帶來。

例句③的 it 指的是上一句的名詞 the textbook。加了 the，是為了指稱你本該帶來的**某一本特定教科書**。

如上所述，不定代名詞 one 指的是**一個不特定的東西**，而人稱代名詞 it 則是指**一個特定的東西**，兩者的差別就在於此。

I must buy a new one.
↑
不定代名詞

No, I didn't bring it.
↑
人稱代名詞

那麼，我們再來看看其他的不定代名詞。

　　　　主詞　　　動詞　　　受詞

④ **Would you like another cup of coffee?**

→ 你需要再來一杯咖啡嗎？

這是不定代名詞 another的用法，哪一杯都可以，表示「隨便一杯」的意思。

主詞 動詞 受詞

⑤ **I have some water.**

→ 我有一些水。

主詞 動詞 受詞

⑥ **I don't have any water.**

→ 我沒有任何水。

主詞 動詞 受詞

⑦ **Do you have any?**

→ 你有嗎？

例句⑤、⑥、⑦表達了不定代名詞some和any用法上的區別。基本上，**肯定句**的「**一些**」要使用**some**，而**疑問句和否定句**則使用any。

主詞 動詞 受詞

⑧ **Would you like some tea?**

→ 你想要喝點茶嗎？

不過，像例句⑧這樣慫恿對方接受某件事，或期待對方回答 yes 時，**即便是疑問句，也要使用 some**。

反身代名詞

反身代名詞（Reflexive Pronoun）是指當動作的受詞是自己時，所使用的代名詞。

反身代名詞有myself（我自己）、yourself（你自己）、himself（他自己）、herself（她自己）、ourselves（我們自己）、yourselves（你們自己）、themselves（他們／她們自己）等。

	主詞	動詞	受詞		主詞	動詞	受詞
⑨	**He**	**fell down**	**the stairs**	**and**	**he**	**hurt**	**himself.**

→他從樓梯摔下來，弄傷了自己。

例句⑨的 hurt（讓人受傷）這個動作的受詞是自己，所以使用反身代名詞（himself）。直譯後，意思會變成「讓自己受了傷」，聽起來比較不自然，所以譯成「**弄傷了自己**」。

接著，就來進入複習時間吧。

實戰練習・1

將下方的中文翻譯成英文，並在每個括弧中填入一個單字。答案核對完畢後，請試著大聲唸出來。

主詞 動詞 受詞 主詞 動詞 受詞

1. I broke the vase. So, ( )( )( ) a ( )( ).

→ 我打破了花瓶（vase），所以決定要買一個新的。

主詞 動詞 受詞

2. ( )( )( )( )( )( )( )?

→ 你想要再來一片（another、piece of）蛋糕嗎？

主詞 動詞 受詞

3. ( )( )( ).

→ 他們自得其樂（enjoy oneself）。

主詞 動詞 受詞 修飾語

4. Did he ( )( )( )( )( ) to you?

→ 他有沒有介紹過（introduce）他的一個朋友給你？

〔解答〕

1. I broke the vase. So, I will buy a new one.
2. Would you like another piece of cake?
3. They enjoyed themselves.
4. Did he introduce a friend of his to you?

② 不定詞和動名詞當受詞

動詞也能在轉化成不定詞和動名詞後，拿來當受詞使用。通常有以下4種情況：

把不定詞當受詞的動詞

主詞	動詞	受詞
① I	decided	to become a cook.

→ 我下定決心要成為一名廚師。

主詞	動詞	受詞	修飾語
② I	expect	to see him	at the party.

→ 我期待在派對上見到他。

如同例句①和②所示，decide（下定決心）和expect（期待）是不定詞能當受詞使用的動詞。表示「**決心**」和「**希望**」的動詞，多半可以採取不定詞形式。

不過，動名詞在這裡就不能使用了。這種用法的同類詞彙還有want（想要）、wish（希望）、hope（盼望）、determine（下定決心）、refuse（拒絕）及pretend（假裝）等。

主詞 動詞 受詞

③ **I promised not to tell a lie.**

→ 我保證我不會說謊。

若想將不定詞改成「**不是～**」的否定句，就要在to的前面加not。promise to do是「保證會做後面的事情」，不過若是像例句③一樣改成promise not to do，意思就會變成「**保證不會做後面的事情**」。

把動名詞當受詞的動詞

主詞 動詞 受詞

④ **My aunt enjoys cooking Japanese food.**

→ 我阿姨喜歡做日本料理。

主詞 動詞 受詞

⑤ **My father gave up smoking.**

→ 我爸爸戒菸了。

就像例句④和⑤一樣，enjoy和give up屬於動名詞能當受詞使用的動詞，並不採用不定詞。以這類動詞的背誦法來說，有個知名的諧音順口溜「megafeps」（音近「沒咖啡不吃」），現在就透過以下的插圖來介紹。

主詞 動詞 受詞

⑥ **I admitted not saying "thank you".**

→ 我承認之前沒說「謝謝你」。

「admit ～ing」是「承認～」的意思；若要表示「**承認沒有～**」，則要用「admit not ～ing」，在動名詞的前面加 not 來表示。

主詞 動詞 受詞

⑦ **My brother doesn't mind me using his bike.**

→ 我哥哥不介意我用他的腳踏車。

想要把動名詞當作意義上的主詞，就要像例句⑦一樣，在動名詞 using 前面加上 my 或 me。

不定詞和動名詞皆能當受詞使用的動詞

主詞　動詞　受詞

⑧ I like to sing songs.

I like singing songs.

→ 我喜歡唱歌。

主詞　動詞　受詞

⑨ Mary started to run.

Mary started running.

→ 瑪莉開始跑了。

例句⑧和⑨就屬於不定詞和動名詞皆能當受詞使用的動詞。同類動詞還有 begin、love、continue 等。

不定詞和動名詞皆能當受詞，意義卻不同的動詞

動詞　受詞

⑩ Don't forget to post this letter.

→ 別忘了寄這封信。

主詞 動詞 受詞

⑪ **I forgot meeting her.**

→ 我忘了曾見過她。

例句⑩ forget to do 的意思會變成「**（接下來）忘記做～**」。不過，就算同樣是 forget，例句⑪的「forget ～ ing」也會變成「**（過去）忘了做～**」。

動詞 受詞

⑫ **Remember to call me at 8:00 tonight.**

→ 今晚 8 點記得打電話給我。

主詞 動詞 受詞

⑬ **I remembered telling him a lie.**

→ 我記得當時對他說了謊。

這裡也一樣，例句⑫的 remember to do 意思是「**（接下來）記得做～**」，例句⑬「remember～ing」的意思則會變成「**（過去）記得做了～**」。

主詞 動詞 受詞

⑭ **I regret to tell you the truth.**

→ 我很遺憾要告訴你真相。

主詞 動詞 受詞

⑮ I regret telling you the truth.

→ 我後悔告訴了你真相。

這裡也一樣，例句⑭的regret to do意思是「**（接下來）很遺憾要做～**」。例句⑮的「regret～ing」則會變成「**（過去）後悔做了～**」。

附帶一提，動名詞還有一個作用，就是當作介系詞的受詞使用。

主詞 動詞 受詞 修飾語

I am proud of being honest.

→ 我為誠實而自豪。

在這個句子中，動名詞being就成了介系詞of的受詞。那麼，現在就來複習吧。

文法練習・1

將名詞當作受詞③（第202頁）、不定詞和動名詞當受詞①（第209頁）和④（第210頁），分別改寫成否定句和疑問句，並以Yes答覆疑問句。

〔解答〕

名詞當受詞③

I didn't find geography interesting. ／

Did you find geography interesting? ／ Yes, I did.

不定詞和動名詞當受詞①

I didn't decide to become a cook. ／

Did you decide to become a cook? ／ Yes, I did.

不定詞和動名詞當受詞④

My aunt doesn't enjoy cooking Japanese food. ／

Does your aunt enjoy cooking Japanese food? ／

Yes, she does.

實戰練習・2

將下方的中文翻譯成英文，並在每個括弧中填入一個單字。答案核對完畢後，請試著大聲唸出來。

主詞 動詞 受詞

1. ( )( )( )( )( )( ) again.

→ 我決定不要再遲到了。

主詞 動詞 受詞

2. ( )( )( )( )( ) homework.

→ 你不要忘記寫你的功課。

主詞 動詞 受詞

3. ( )( )( )( ) harder.

→ 我需要更用功念書。

主詞 動詞 受詞

4. It ( )( )( ).

→ 當時雨並沒有停止。

主詞 動詞 受詞

5. ( )( )( )( ) the piano.

→ 我喜歡她彈鋼琴。

主詞 動詞 受詞

6. ( )( )( ) to me.

→ 他記得當時跟我說了話。

〔解答〕

1. I decided not to be late again.
2. Don't forget to do your homework.
3. I need to study harder.
4. It didn't stop raining.
5. I like her playing the piano.
6. He remembered talking to me.

3 it虛受詞

接著是使用動名詞的完成式當受詞。

將動名詞的完成式當作受詞使用時，需要特別注意時態變化的問題。

主詞　動詞　受詞

① I deny having said so.

→ 我否認曾那樣說過。

主詞　動詞　受詞

② I denied having said so.

→ 我之前否認曾那樣說過。

「deny＋動名詞（V-ing）」是「**否認做過～**」的意思。「having＋過去分詞（p.p.）」成為句中的受詞，這就表示**say so的時間點，遠比動詞deny或denied還要早**。

換句話說，例句①是表示「曾那樣說過」的時態，比「否認」的時間點還要早。如果使用that子句，就可以把句子改寫成I deny that I said so。

例句②是表示「曾那樣說過」的時間點，比「否認」

這個過去的時間點還要再早。這裡也可以使用 that 子句，把句子改寫成「I denied that I had said so.」。

it 虛受詞

	主詞	動詞	虛受詞	補語	真正受詞
①	**The students**	**found**	**it**	**interesting**	**to learn about history.**

→ 這些學生覺得學歷史很有趣。

這句是把 it 當作虛受詞，例句①真正的受詞是 to learn about history，但詞句太長，所以沒有放在原本受詞的位置，而是用 it 來代替，句尾再放入真正受詞，亦即使用 to 不定詞的 to learn about history。

疑問詞＋to不定詞當受詞

接著，要介紹的是what to do、when to do，以及其他疑問詞當作受詞使用的情況。

	主詞	動詞	受詞	修飾語
①	**I**	**didn't know**	**what to say**	**at the time.**

→ 在那一刻，我不知道要說什麼。

	主詞	動詞	受詞
②	**He**	**knows**	**where to buy vegetables.**

→ 他知道要到哪裡買蔬菜。

上述例句是把「疑問詞＋to do」的形式，當作受詞使用。比如，將例句①的what to say當作受詞，意思就是「**要說什麼**」；將例句②的where to buy當作受詞，意思就是「**要到哪裡買**」。

除此之外，還可以舉一反三，when to leave home就是「**要什麼時候離家**」，which book to read則是「**要看哪本書**」，請試著改成各式各樣的詞句應用看看。

主詞　動詞　受詞

③ **The boy knows how to use the computer.**

→ 這個男孩知道怎麼使用電腦。

只有how to do是「**怎麼做**」的意思。這種表達方式還蠻常出現的，所以請大家務必要記下來。

文法練習・2

將動名詞的完成式當受詞①（第218頁）、it虛受詞①（第219頁）、疑問詞＋to不定詞當受詞③（第221頁），分別改寫成否定句和疑問句，並以Yes答覆疑問句。

〔解答〕

動名詞的完成式當受詞①

I don't deny having said so. ／

Do you deny having said so? ／ Yes, I do.

it 虛受詞①

The students didn't find it interesting to learn history. ／

Did the students find it interesting to learn history? ／

Yes, they did.

疑問詞＋ to 不定詞當受詞③

The boy doesn't know how to use the computer. ／

Does the boy know how to use the computer? ／

Yes, he does.

實戰練習・3

將下方的中文翻譯成英文，並在每個括弧中填入一個單字。答案核對完畢後，請試著大聲唸出來。

主詞　動詞　受詞

1. (　)(　)(　)(　)(　)(　) **my uncle.**

→ **我不知道要什麼時候去拜訪我叔叔。**

主詞　動詞　受詞

2. (　)(　)(　)(　) **the money.**

→ **他之前否認偷了錢。**

主詞　動詞　受詞　補語　真正受詞

3. **We** (　)(　)(　)(　)(　) **the** (　).

→ **我們覺得要移動輪椅很困難。**

主詞　動詞　受詞

4. (　)(　)(　)(　)(　) **his bike.**

→ **他知道怎麼修理（repair）他的腳踏車。**

〔解答〕

1. I didn't know when to visit my uncle.
2. He denied having stolen the money.
3. We found it difficult to move the wheelchair.
4. He knew how to repair his bike.

4 關係子句當受詞

接著，我們要來學習的是**關係子句當受詞**。關係子句指的是，由關係代名詞或關係副詞（when、where、why）所引導的形容詞子句。

that 子句當受詞

主詞　動詞　受詞

① **I can't believe that he loves me.**

→ 我不敢相信他愛我。

例句①是**用 that 子句當受詞**。這種構句能使用的動詞很多，比如 think、know、say 及 suggest（建議）等。

主詞　動詞　受詞　受詞

② **He told me that he passed the exam.**

→ 他告訴我他通過考試了。

例句②是把句型 4（S +V +O +O）當作受詞使用的 that 子句。藉由「tell ＋人＋ that 子句」，來表達「**告訴某人 that 後面的事情**」的意思。

主詞 動詞 受詞

③ **I wonder if I should go with them.**

→ 我不知道是否該跟他們去。

例句③的「wonder if～」用法類似慣用語，表「**是否該～**」。if子句當受詞，也是屬於句型3（S＋V＋O）。

主詞 動詞 受詞 受詞

④ **I will ask him whether (if) he has NTD10,000.**

→ 我會問他是否有1萬元。

例句④是藉由「ask人whether（if）～」的句型，來表達「**問人是否～**」的意思。whether和if都有表示「是否～」的意思，而問「人是否～」的句子，屬於句型4（S＋V＋O＋O）。

主詞 動詞 受詞

⑤ **I am sure that our team will win the next game.**

→ 我有把握我們的隊伍會在下一場比賽中獲勝。

將「be 動詞＋形容詞」視為一個動詞，後面也可以接上 that 子句。

疑問詞子句當受詞

接下來，要介紹疑問詞子句當受詞的用法。首先是疑問詞子句的造句方法，假設有個疑問句是這樣的：

When is her birthday?

想要用 I know（我知道）造出「我知道她的生日是什麼時候」的句子時，is her birthday 就要恢復成肯定句：

When her birthday is

然後再放到 I know 的後面，就能造出以下句子：

主詞　動詞　受詞

① **I know when her birthday is.**

→ 我知道她的生日是什麼時候。

所以，藉由疑問詞＋肯定句的語序，就能造出疑問詞子句。另外，也使用疑問詞子句組成句型4。

主詞　動詞　受詞　受詞

② **She　asked　me　what time I got up this morning.**

→ 她問過我今天早上幾點起床。

關係代名詞 what 當受詞

各位讀者或許已經留意到，**能當主詞使用的詞句，大部分也可以拿來當作補語或受詞使用**。名詞、名詞片語及名詞子句就屬此類，關係代名詞 what 也是其中之一。

主詞　動詞　受詞

① **I　can't believe　what he said.**

→ 我不敢相信他說了什麼。

主詞　動詞　受詞　受詞

② **He　told　me　what he read.**

→ 他告訴我他讀到了什麼。

例句①的 what 子句相當於句型3中的受詞，而例句

②的 what 子句則相當於句型 4 中的受詞。

使用複合關係代名詞當受詞

在 who、what、which 及其他關係代名詞的後面加上 ever 之後，就稱為**複合關係代名詞**。比如 whoever（任何～的人）、whatever（任何～的東西）及 whichever（任何一個～的物品）等。

這些詞彙在加上動詞之後，就可以造出名詞子句，能夠成為句子中的受詞。

主詞 動詞 受詞

① **Our club admits whoever likes English.**

→ 我們社團允許任何喜歡英文的人加入。

例句①中的 whoever，也可以換成 anyone who。

主詞 動詞 受詞

② **You can take whichever CD you like.**

→ 你可以帶走任何一片你喜歡的 CD。

例句②的 whichever CD，也可以換成 any CD which，

所要表達的意思就是「任何一片喜歡的CD」。

主詞　動詞　受詞

③ **You can eat whatever you like.**

→ 你可以吃任何你喜歡的東西。

例句③的whatever，也可以換成「anything that～」，意思是「任何喜歡的東西」。

文法練習・3

將that子句當受詞②（第223頁）和④（第224頁），以及關係代名詞what當受詞②（第226頁），分別改寫成否定句和疑問句，並以Yes答覆疑問句。

〔解答〕

that子句當受詞②

He didn't tell me that he passed the exam. ／

Did he tell you that he passes the exam? ／ Yes, he did.

that子句當受詞④

I won't ask him whether he has NTD10,000. ／

Will you ask him whether he has NTD10,000? ／

Yes, I will.

關係代名詞what當受詞②

He didn't tell me what he read. ／

Did he tell you what he read? ／ Yes, he did.

實戰練習．4

將下方的中文翻譯成英文，並在每個括弧中填入一個單字。答案核對完畢後，請試著大聲唸出來。

主詞 動詞 受詞

1. I didn't (　　　)(　)(　)(　).

→ 當時我不懂他說了什麼。

主詞 動詞 受詞 受詞

2. (　) often (　)(　)(　) nut (　)(　).

→ 他經常問我們堅果好不好吃。

主詞 動詞 受詞

3. (　) will (　)(　)(　)(　).

→ 我會買下任何你喜歡的東西。

主詞 動詞 受詞 受詞

4. (　)(　) ask (　)(　)(　)(　)(　).

→ 她會問她爸爸人在哪裡。

〔解答〕

1. I didn't understand what he said.
2. He often asks us if nut is delicious.
3. I will buy whatever you want.
4. She will ask her father where he is.

章末測驗・1

閱讀下面的對話小短文，將其中的中文句子翻譯成英文，並在底下的括弧中填入正確的單字。等核對答案完畢後，請試著大聲唸出全文數次。

Have you ever heard of Chris Moon?
He was a marathon runner with an artificial leg.
He lost his leg while he was clearing landmines.
①（他開始跑馬拉松）although his doctor said it was impossible.
②（他絕不放棄跑步）even though he runs very slowly.
③ People often ask him（為什麼要跑馬拉松。）
He says, "I'd like to let many people know more about landmines."

主詞　動詞　受詞

①.（　）（　）（　）（　）**a marathon**

主詞　動詞　受詞

②.（　）（　）（　）（　）（　）

主詞　動詞　受詞　受詞

③. **People often ask him**（　）（　）（　）**marathons.**

〔解答〕
①. He began to run a marathon
②. He never gave up running
③. People often ask him why he runs marathons.

章末測驗・2

閱讀下面的對話小短文，將其中的中文句子翻譯成英文，並在底下的括弧中填入正確的單字。等核對答案完畢後，請試著大聲唸出全文數次。

A new comer: ①（我想知道自己能否加入這個社團。）
Veteran: No problem.
②（我們社團允許任何喜歡網球的人加入。）
A new comer: Thank you. I don't have a racket.
③（我必須買一支新的。）

主詞 動詞 受詞
①. (　　)(　　)(　)(　　) **can join this club.**

主詞 動詞 受詞
②. (　　)(　　) **admits** (　　)(　　)(　　).

主詞 動詞 受詞
③. (　　)(　　)(　　) **a** (　　)(　　).

〔解答〕

①. I wonder if I can join this club.
②. Our club admits whoever likes tennis.
③. I must buy a new one.

〔章末測驗全譯〕

1.
你聽過克里斯・穆恩嗎？
他是一條腿裝著義肢的馬拉松選手。
他以前在清除地雷時，失去了一條腿。
他開始跑馬拉松，雖然他的醫生說那不可能。
他絕不放棄跑步，即使他跑得非常慢。
人們經常問他為什麼要跑馬拉松。
他說：「我想要讓許多人更了解地雷。」

2.
新進社員：　我想知道自己能否加入這個社團。
資深社員：　沒問題。
　　　　　　我們社團允許任何喜歡網球的人加入。
新進社員：　謝謝你。我沒有球拍。
　　　　　　我必須買一支新的。

第 7 天

說出一口流利英文：修飾語①

　　我們在前面學過了動詞、主詞、補語及受詞，今天要介紹的是修飾語，包括用來修飾名詞的形容詞片語、形容詞子句，以及修飾名詞以外的副詞片語、副詞子句。只要精通這些，就可以說出一口流利的英文！

今天就學會這個！

- ☑ 用副詞當修飾語。
- ☑ 用不定詞當修飾語。
- ☑ 用分詞當修飾語。
- ☑ 用關係代名詞當修飾語。

1 副詞當修飾語

形容詞負責修飾（說明）名詞，而副詞則用來修飾（說明）動詞、形容詞、副詞及整段句子等。現在先來介紹副詞的種類及位置。

主詞　動詞　修飾語

① **She speaks quickly.**

→ 她講話速度快。

例句①的 quickly（快）是副詞，用來說明動詞 speaks（講話），意思也就變成了「**講話速度快**」。

用來說明動詞的副詞，多半會接在動詞的後面。

主詞　動詞　修飾語

② **She speaks very quickly.**

→ 她講話速度非常快。

例句②的 very（非常）是在**說明 quickly（快）這個副詞**。

主詞 動詞 補語

③ **They are very good tennis players.**

→ 他們是非常出色的網球選手。

例句③的 very（非常）是在**說明 good（出色）這個形容詞**。

修飾語 主詞 動詞 受詞

④ **Unfortunately, he couldn't meet her.**

→ 不幸的是，當時他不能見她。

例句④的 Unfortunately（不幸的是）是在**說明後面一整段句子**。像這種說明整句的副詞，多半會放在句首。

主詞 修飾語 動詞 修飾語 修飾語

⑤ **I usually go to school by bike.**

→ 我通常會騎腳踏車上學。

主詞 動詞 修飾語 修飾語 修飾語

⑥ **I am always at home on Sundays.**

→ 我星期日總是在家。

例句⑤的usually（通常）和例句⑥的always（總是），以及often（經常）、sometimes（有時）、never（從來沒有）等詞彙，都是**表示頻率的副詞**。表示頻率的副詞必須放在一般動詞之前、be動詞之後。

用來比較的副詞

接下來，要介紹的是用來比較的副詞。

	主詞	動詞	修飾語	修飾語
①	**She**	**swims**	**faster**	**than Kate.**

→ 她游得比凱特快。

在這個句子中，**副詞fast被改成比較級**。

	主詞	動詞	修飾語	修飾語
②	**She**	**swims**	**(the) fastest**	**in her class.**

→ 她是班上游得最快的。

在例句②中，**副詞fast被改成了最高級**。這時，在副詞最高級前面的the，是可以省略的。

主詞 動詞 修飾語 修飾語

③ **She swims as fast as her sister.**

→ 她游得和她姊姊一樣快。

例句③中的副詞 fast 是原級。fast 在副詞當中屬於短單字，那麼如果遇到的是長單字，又該怎麼處理呢？請看下面的介紹。

主詞 動詞 修飾語 修飾語

④ **Mr. Smith walks more slowly than Mr. Taylor.**

→ 史密斯先生走得比泰勒先生還要慢。

主詞 動詞 修飾語 修飾語

⑤ **Mr. Smith walks (the) most slowly of the three.**

→ 史密斯先生是3個人當中走得最慢的。

主詞 動詞 修飾語 修飾語

⑥ **Mr. Smith walks as slowly as Mr. Walker.**

→ 史密斯先生走得和沃克先生一樣慢。

若遇到字尾加了 ly 的副詞或長副詞時，就要和形容詞一樣，變成「more～」和「（the）most～」的形式。

從例句⑥可以看出，當長單字的原級遇到「as～as ～」時，只要直接放在as和as中間就好。

不定詞當副詞

接著，要來解說不定詞的副詞用法。

	主詞	動詞	受詞	修飾語
①	I	visited	London	in order to meet my uncle.

→ 我造訪倫敦是為了見我叔叔。

例句①是藉由「in order to不定詞」，來表示為了to後面的事情。in order to meet my uncle（為了見我叔叔）就是直接用來說明visited（造訪）的副詞片語。

附帶一提，口語中常會省略in order。

	主詞	動詞	補語	修飾語
②	I	am	pleased	to hear the news.

→ 我很高興聽到這則消息。

例句②也是不定詞的副詞用法，以to hear the news（聽到這則消息）修飾形容詞pleased（高興），進而變成做to＋後面的事情的構句。

主詞	動詞	補語	修飾語
③ **It**	**is**	**very kind of you**	**to help me.**

→ 你能幫我忙真是太好心了。

例句③仍然是不定詞當副詞，意思是「**to後面的事真是太～**」。to help me（你能幫我忙）說明kind（好心），表示「你很好心」的判斷依據。

文法練習・1

將副詞的種類及位置①（第234頁）、不定詞當副詞①和②（第238頁），分別改寫成否定句和疑問句，並以Yes答覆疑問句。

〔解答〕

副詞的種類及位置①

She doesn't speak quickly. ／ Does she speak quickly? ／ Yes, she does.

不定詞當副詞①

I didn't visit London in order to meet my uncle. ／ Did you visit London in order to meet your uncle? ／ Yes, I did.

不定詞當副詞②

I am not pleased to hear the news. ／ Are you pleased to hear the news? ／ Yes, I am.

實戰練習・1

將下方的中文翻譯成英文，並在每個括弧中填入一個單字。答案核對完畢後，請試著大聲唸出來。

主詞　動詞　修飾語　修飾語

1. (　)(　)(　)(　)(　)(　) my family.

→ 我妹妹是我家人之中最早（earliest）起床的。

主詞　動詞　補語　修飾語

2. (　)(　)(　)(　)(　) the story.

→ 我們讀了這個故事覺得很難過。

主詞　動詞　補語　修飾語

3. (　)(　)(　)(　)(　)(　)(　) such a thing.

→ 他說出這種事情真是太不小心了。

主詞　動詞　修飾語　修飾語

4. (　)(　) to Canada (　)(　)(　).

→ 他去加拿大學英語。

主詞　動詞　受詞　修飾語　修飾語

5. (　)(　)(　)(　)(　)(　) her sister.

→ 她的鋼琴彈得比她妹妹還要好。

〔解答〕

1. My sister gets up earliest in my family.
2. We were sad to read the story.
3. It is careless of him to say such a thing.
4. He went to Canada to study English.
5. She plays the piano better than her sister.

② 修飾名詞：介系詞片語、不定詞、分詞

接著，要解說的是修飾前面名詞的句子，首先介紹的是介系詞片語（也就是介系詞＋名詞）。介系詞片語的作用是放在名詞的後面，用以說明前面的名詞。

主詞　動詞　補語

① **(The bag under the desk) is mine.**

→ 桌子底下的手提袋是我的。

例句①**括號內的全部字詞，乃是整段句子中的主詞**。括號中的under the desk（桌子底下），則是用來說明the bag（手提袋），解釋這是什麼樣的手提袋。

主詞　動詞　受詞

② **He likes (the picture on the wall).**

→ 他喜歡牆上的那張照片。

例句②**括號內，乃是整段句子中的受詞**。on the wall（牆上）則用來說明the picture（那張照片）。on the wall的on表示「接觸」，意思會變成「掛在牆壁上的照片」。

主詞　動詞　受詞

③ **We　use　(the balls in the box).**

→ 我們使用盒子裡的球。

例句③**括號內的全部字詞，乃是整段句子中的受詞**。括號之內的 in the box（盒子裡）則是用來輔助說明 the balls（球）。

以介系詞片語、修飾前面名詞的其他範例如下：

the cafe at the station.
車站的**咖啡廳**。

the post office in front of the city hall.
市政府前面的**郵局**。

the book on the table.
桌上的**書本**。

the cat by the window.
窗戶旁邊的**貓**。

不定詞當形容詞、修飾語

to 不定詞的作用是加在名詞的後面，將意思變成「要做～」，用以修飾前面的名詞。

主詞
動詞
受詞
① I have (two reports to finish by tomorrow).

→ 我明天有兩份報告要完成。

例句①**括號裡全部的字詞，乃是整段句子中的受詞**。括號當中的 to finish by tomorrow（明天要完成）是用來說明 two reports（兩份報告）。

→ 他有一大堆 CD 要聽。

此例句**括號內，乃是整段句子中的受詞**。括號中的 to listen to（要聽）是用來說明 a lot of CDs（一大堆 CD）。

分詞

分詞的功用也是放在名詞的後面，用以修飾前面的名詞。分詞可分為現在分詞（V-ing）和過去分詞（p.p.）。

主詞　動詞　補語

① **(The dog running in the park) is mine.**

→ 那隻正在公園裡跑來跑去的狗是我的。

此例句**括號內的全部字詞，乃是整段句子中的主詞**。括號中的 running in the park（正在公園裡跑來跑去）是用來說明 the dog（那隻狗）。換言之，要描述那是一隻什麼樣的狗，那就是「正在公園裡跑來跑去」的狗。

主詞　動詞　受詞

② **I know (the girl playing the piano).**

→ 我認識那個彈鋼琴的女孩。

例句②**括號內的字詞，乃是整段句子的受詞**。括號當中的 playing the piano（彈鋼琴）是用來說明 the girl（那個女孩），要表達的意思是「彈鋼琴」的女孩。

主詞　　動詞　補語

③ (The woman surrounded by her grandchildren) is Ms.Green.

→ 那個被孫兒們圍繞著的女人是格林女士。

過去分詞可以表示「被～」和「受～」的意思。例句③**括號內的字詞，乃是整段句子的主詞**。括號中的surrounded by her grandchildren（被孫兒們圍繞著）是在說明the woman（那個女人），要表達的意思是「被孫兒們圍繞著」的女人。

主詞　動詞　受詞

④ I bought (a car made in Japan).

→ 我買了一輛日本製的汽車。

例句④**括號內的字詞，乃是整段句子的受詞**。括號當中的made in Japan（日本製）是用來說明a car（一輛汽車），要表達的意思是「日本製」的汽車。

文法練習・2

將介系詞片語②（第 242 頁）、不定詞當形容詞、修飾語①（第 244 頁）及分詞②（第 245 頁），分別改寫成否定句和疑問句，並以 Yes 答覆疑問句。

〔解答〕

介系詞片語②

He doesn't like the picture on the wall. ／

Does he like the picture on the wall? ／ Yes, he does.

不定詞當形容詞、修飾語①

I don't have two reports to finish by tomorrow. ／

Do you have two reports to finish by tomorrow? ／

Yes, I do.

分詞②

I don't know the girl playing the piano. ／

Do you know the girl playing the piano? ／ Yes, I do.

實戰練習・2

將下方的中文翻譯成英文，並在每個括弧中填入一個單字。答案核對完畢後，請試著大聲唸出來。

主詞 動詞 受詞

1. **I have ( )( )( )( )( )( ) books.**

→ 我有一大堆時間看書。

主詞 動詞 補語

2. **The bag ( )( )( ) ( ) ( ).**

→ 門邊的手提袋是她的。

主詞 動詞 受詞

3. **( ) has a book ( )( )( )( ).**

→ 湯姆有一本以簡單的日文寫出來的書。

主詞 動詞 補語

4. **( ) ( ) the girl ( )( )( ).**

→ 艾咪是那個游泳非常快的女孩。

〔解答〕

1. I have a lot of time to read books.
2. The bag by the door is hers.
3. Tom has a book written in easy Japanese.
4. Emi is the girl swimming very fast.

③ 用關係代名詞修飾名詞

利用who、whom、which、whose及that所造出來的關係代名詞子句，也可以用來修飾前面的名詞。關係代名詞有好幾種，首先就從主格句的關係代名詞看起。

當關係代名詞是主格

主詞　動詞　補語

① **(The person who wrote this novel) must be a genius.**

→ 寫了這篇小說的人一定是天才。

例句①**括號內是整段句子的主詞**。括號當中的who wrote this novel（寫了這篇小說），是用來說明前面的名詞（先行詞）the person。

假如**先行詞是人，關係代名詞就用who**，動詞wrote則緊接在關係代名詞who的後面。在關係子句裡，由於who是主詞，故關係代名詞要用主格。

為什麼要叫主格呢？請試著將括號內的內容，拆分成兩個句子。

The person must be a genius.
The person wrote this novel.

我們可以發現合併這兩個句子時，可以用**相同的主詞** the person造出關係代名詞子句。若子句擁有上述結構，就稱為主格。

主詞 動詞 受詞

② I know (a girl who speaks English very well).

→ 我認識一個英語說得非常好的女孩。

例句②括號內是整段句子的受詞。括號中的who speaks English very well（英語說得非常好）是用來說明a girl（一個女孩），所造出來的片語就是「**英語說得非常好**」的女孩。動詞speaks 緊接在關係代名詞who的後面，所以這裡的關係代名詞也要用主格（a girl在關係子句裡是主詞）。

主詞　　　　　　　動詞　　修飾語

③ (A song which moves many people) was made 50 years ago.

→ 這首感動許多人的歌是 50 年前創作出來的。

例句③括號內是整段句子的主詞。括號當中的 which moves many people（感動許多人）是用來說明 A song（這首歌），所造出來的片語就是「**感動許多人**」的歌。

在這個句子中，關係代名詞前面的先行詞是「事物」，**所以要用 which**，而不用 who。動詞 moves 緊接在關係代名詞 which 的後面；而 which 要代替的 A song 在關係子句是主詞，所以關係代名詞也要用主格。

主詞 動詞　　　　補語

④ This is (a picture which was taken in Green Island).

→ 這是一張在綠島拍攝的照片。

例句④**括號內是整段句子的補語**。括號當中的 which was taken in Green Island（在綠島拍攝）是用來說明 a picture（一張照片），所造出來的片語就是「在綠島拍攝」的照片。be動詞was緊接在關係代名詞which的後面；而which要代替的a picture在關係子句是主詞，所以關係代名詞也要用主格。

當關係代名詞是受格

下一個要介紹的是用於受格的關係代名詞。

whom、whose、which、that等為關係代名詞，因具有代名詞的特性，放在主格、受格、所有格時，這些關係代名詞會有所改變。

主詞　動詞　補語

① **(The person whom I respect) is my mother.**

→ 我所尊敬的人就是我的媽媽。

例句①括號內整段句子的主詞。括號當中的whom I respect（我所尊敬）是用來說明the person（那個人），所造出來的片語就是「我所尊敬」的人。

whom的後面先接主詞，再接動詞，與作為主格的時候不同（後面接一般動詞），這種子句的關係代名詞就是受格。

這裡的先行詞 the person 是「人」，所以使用 whom；如果換作是「事物」，就要用 which。另外，**whom 是可以省略的**。

那麼，為什麼這個句子要用「受格」呢？

繼主格之後，我們也來把這個句子拆分成兩句。

The person is my mother.
I respect the person.

上句的 The person 和下句的 the person 相同，所以要放關係代名詞的地方可以改成 whom。不過，下句的 the person 是受詞，關係代名詞既然要替代的是受詞，當然就會是受格。

主詞 動詞 補語

② **He is (the boy whom I met last night).**

→ 他是我昨晚見到的男孩。

例句②括號內是整段句子的補語。括號中的 whom I

met last night（我昨晚見到）是用來說明 the boy（那個男孩），要表達的意思是「**我昨晚見到**」的男孩。

主詞 動詞 補語

③ **(The book which he wrote) is very interesting.**

→ 他寫的書非常有趣。

例句③括號內的字詞，是整段句子的主詞。括號當中的 which he wrote（他寫的）是用來說明 the book（那本書），要表達的意思是「**他寫**的書」。由於先行詞是「事物」，所以這裡的關係代名詞要用 which。

which 既可以變成主格，也可以變成受格。若是受格的句子，會將「主詞＋動詞」（he wrote）緊接在關係代名詞的後面，所以可以分辨得出來。而 which 和 whom 一樣，當受詞使用時，也是可以省略的。

主詞 動詞 補語

④ **This is (the movie which I watched yesterday).**

→ 這是我昨天看過的電影。

例句④括號內的字詞，乃是整段句子的補語。括號中的which I watched yesterday（**我昨天看過**）是用來輔以說明the movie（電影），所造出來的片語是「我昨天看過」的電影。由於是受詞，所以which之後緊接的是「主詞＋動詞」。

當關係代名詞是所有格

主詞　動詞　受詞

① I love (a girl whose mother is a famous singer).

→ 我愛上一個媽媽是知名歌手的女孩。

例句①**括號內的字詞，乃是整段句子的受詞**。括號中的whose mother is a famous singer（媽媽是知名歌手）是在說明a girl（一個女孩）。

為何這句的關係代名詞要用whose（所有格）呢？

現在我們再將這個句子拆分成兩句，於是就變成：

I love a girl.
Her mother is a famous singer.

a girl等同於her，只要把her改成whose，就可以連接成例句①。

既然要把her這個**所有格改成關係代名詞**，自然就要使用所有格的關係代名詞whose，大家要記住這一點。

主詞　動詞　修飾語

② **I live in (a house whose roof is red).**

→ **我住在一棟紅色屋頂的房子裡。**

例句②中的whose roof is red（紅色屋頂），是用來說明a house（一棟房子）。如果把這一句也拆分成兩句，就會變成：

I live in a house.
Its roof is red.

a house等同於its，所以把its改成whose（which的所有格），再合併兩個子句，就會變成例句②。所有格關係代名詞whose的先行詞，不論是人是物都可以。

關係代名詞 that

目前出現過的關係代名詞除了whose以外，who、which及whom都可用關係代名詞that改寫如下：

主詞　動詞　受詞

① **I know a girl that speaks English well.**

→ 我認識一個英文說得很好的女孩。

主詞　動詞　補語

② **The book that he wrote was interesting.**

→ 他寫的書很有趣。

就如上述例句所示，可以直接用that來代替其他的關係代名詞。

不過，有些情況則是非使用that不可，現在就來逐一看看有哪些情況及範例。

主詞　動詞　補語

① **He is the first man that climbed the mountain.**

→ 他是第一個爬上這座山的男人。

如同例句①所示，**當先行詞中有the first、the second及其他序數時**，就必須使用 that。

主詞 動詞 補語

② **This is the best movie that I have ever watched.**

➡ 這是我看過最棒的電影。

如同例句②所示，**當the best或其他最高級形容詞出現在先行詞之中時**，也必須使用 that。

主詞 動詞 補語

③ **This was the only book that I read this month.**

➡ 這是我這個月唯一看過的一本書。

如同例句③所示，**當the only、the same及the very附加在先行詞之中時**，也必須使用 that。

主詞 動詞 補語

④ **He wrote about the people that were interesting to him during his trip.**

➡ 他在旅行期間寫下了他感興趣的人們。

如同例句④所示，**當先行詞之中同時含有人和物時，**

也必定要使用 that。

主詞 動詞 受詞

⑤ **It cost all the money that he had.**

→ 這花了他所有的錢。

如同例句⑤所示，當先行詞之中含有 all、every、any 或 no 時，也必須使用 that。

文法練習・3

當關係代名詞是主格②（第 250 頁）、③（第 251 頁）及當關係代名詞是受格②（第 253 頁），分別改寫成否定句和疑問句，並以 Yes 答覆疑問句。

〔解答〕

當關係代名詞是主格②

I don't know a girl who speaks English very well. ／ Do you know a girl who speaks English very well? ／ Yes, I do.

當關係代名詞是主格③

A song which moves many people wasn't made 50 years ago. ／ Was a song which moves many people made 50 years ago? ／ Yes, it was.

當關係代名詞是受格②

He isn't the boy whom I met last night. ／

Is he the boy whom you met last night? ／ Yes, he is.

實戰練習・3

將下方的中文翻譯成英文，並在每個括弧中填入一個單字。答案核對完畢後，請試著大聲唸出來。

主詞　動詞　補語

1. **The (　　　)(　)(　　　)(　)(　　　).**

→ 我買的 T 恤很便宜。

主詞　動詞　受詞

2. **(　)(　　) a boy (　　) can (　　)(　　)(　　　).**

→ 我認識一個會說 3 種語言（languages）的男孩。

主詞　動詞　補語

3. **(　　)(　　) the (　　　)(　　)(　　)(　　) by me.**

→ 這是我烹調的早餐。

主詞　動詞　受詞

4. **(　)(　　) a (　　)(　　)(　　)(　) a baseball player.**

→ 他遇到一個爸爸是棒球選手的女孩。

主詞　動詞　補語

5. **The (　　　)(　)(　　)(　　　)(　) Ms. Smith.**

→ 我昨天遇見的女人是史密斯女士。

主詞 動詞 補語

6. **This is ( )( )( )( )( ) me.**

→ **這是唯一感動到（moved）我的書。**

〔解答〕

1. The T-shirt I bought is cheap.
2. I know a boy who can speak three languages.
3. This is the breakfast which was cooked by me.
4. He met a girl whose father is a baseball player.
5. The woman I met yesterday is Ms. Smith.
6. This is the only book that moved me.

章末測驗・1

閱讀下面的對話小短文，將其中的中文句子翻譯成英文，並在底下的括弧中填入正確的單字。等核對答案完畢後，請試著大聲唸出全文數次。

I went to an indigenous restaurant with my family last night.

First, ①（我們享用了原住民煮的原住民料理。）

Second, ②（一些穿著傳統原住民服飾的人，跳了原住民舞蹈給我們看。）

Third, ③（我們學到了表達自然之美的原住民語。）
Indigenous culture is really interesting to me.
I really had a good time.

主詞　動詞　受詞

①. ( ) ( ) **indigenous dishes** ( ) ( )
( ) **by indigenous people.**

主詞

②. ( ) ( ) ( ) ( ) **traditional indigenous clothes**

動詞　受詞　受詞

( ) ( ) **indigenous dance.**

主詞　動詞　受詞

③. ( ) ( ) **indigenous words** ( ) ( )
the beauty of nature.

〔解答〕

①. we enjoyed indigenous dishes which were cooked by indigenous people.

②. some people who wore traditional indigenous clothes showed us indigenous dance.

③. we learned indigenous words which express the beauty of nature.

章末測驗・2

閱讀下面的對話小短文，將其中的中文句子翻譯成英文，並在底下的括弧中填入正確的單字。等核對答案完畢後，請試著大聲唸出全文數次。

Let me introduce my family.
①（這是我家人的照片。）
②（坐在前面的女人是我的奶奶。）
③（站在她後面的男人是我的爸爸。）
④（我的家人當中，最矮的女人是我的媽媽。）
⑤（穿著藍色Ｔ恤的男孩是我的弟弟。）
I love my family very much.

主詞　動詞　補語　修飾語
①. ( ) ( ) **a** ( ) **of** ( ) ( ).

主詞　動詞　補語
②. ( ) ( ) ( ) **in the front** ( ) ( ) ( ).

主詞　動詞　補語
③. ( ) ( ) ( ) **behind her** ( ) ( ) ( ).

主詞 動詞

④. (　)(　　　)(　) is (　)(　　　) in my family is

補語

(　)(　　).

主詞 動詞 補語

⑤. (　)(　)(　　　) the (　)(　　) (　) my brother.

〔解答〕

①. This is a picture of my family.

②. The woman sitting in the front is my grandmother.

③. The man standing behind her is my father.

④. The woman who is the shortest in my family is my mother.

⑤. The boy wearing the blue T-shirt is my brother.

〔章末測驗全譯〕

1.

昨晚我和我的家人去了原住民餐廳。

首先，我們享用了原住民煮的原住民料理。

接著，一些穿著傳統原住民服飾的人，跳了原住民舞蹈給我們看。

最後，我們學到了表達自然之美的原住民語。

原住民文化對我來說實在很有趣，當時我過得很愉快。

2.

讓我來介紹一下我的家人。

這是我家人的照片。

坐在前面的女人是我的奶奶。

站在她後面的男人是我的爸爸。

我的家人當中，最矮的女人是我的媽媽。

穿著藍色T恤的男孩是我的弟弟。

我非常愛我的家人。

第 8 天

說出一口流利英文：修飾語②

第 8 天其實是第 7 天的應用篇。

雖然內容越來越複雜了，但每道步驟依然說明得淺顯易懂，請各位務必努力跟上！

今天就學會這個！

- ☑ 關係副詞當修飾語。
- ☑ 介系詞和關係代名詞當修飾語。
- ☑ 非限定子句當修飾語。

1 表場所和原因的關係副詞

今天要從關係副詞開始學起。這或許並不是大家熟悉的文法，但它其實就跟關係代名詞（who、which、that）一樣，都是用來修飾前面的名詞（先行詞）。主要常見的關係副詞有以下：

- where（接在表示場所的詞句後）
- when（接在表示時間的詞句後）
- why（接在「原因」的詞句後）
- the way、how（接在表示「做法」之意的詞句後）。

那麼，我們就從 where 逐一看下去。

關係副詞 where ＝ in／at／from ＋ which

主詞　動詞　補語

① (The hotel where I stayed yesterday) was excellent.

→ 我昨天住宿的飯店棒極了。

例句①括號內的字詞，乃是句子的主詞。其中的where I stayed yesterday（我昨天住宿）是用來說明The hotel。換言之，假如想要說明這間「飯店」是什麼樣的飯店，就可以表示為「我昨天住宿的飯店」。

如同上述例句所示，關係副詞where會**用在先行詞跟場所有關的子句中**，但這並不表示所有表示場所的先行詞都可以加上where。

為了讓大家更容易理解，現在將例句①拆分成兩句。

The hotel was excellent.
I stayed at the hotel yesterday.

在這兩個句子當中，上句的The hotel等同於下句的at the hotel（請特別注意此處還多了at介系詞），所以下句的at the hotel能夠改成where，接續上句的the hotel，造出例句①。

不過，這個句子也可以改用「**介系詞＋關係代名詞**」的句型來表達。至於到底要怎麼表達，我再把句子拆分成兩句來做說明。

The hotel was excellent.
I stayed at the hotel.

在這兩個句子當中，上句的The hotel**和下句不包含at的the hotel指的是同一間飯店**，所以下句的at the hotel能夠改成關係代名詞which，接續上句的the hotel。這麼一來，合併後的句子就會和例句①的意思一樣：

The hotel which I stayed at was excellent.

其實，at也可以搬到which的前面。而透過這項規則，就會變成以下的句子：

The hotel at which I stayed yesterday was excellent.

換言之，關係副詞where 是由「介系詞＋關係代名詞」組合而來。

主詞　動詞　補語

② **This is (the library where I study every day).**

→ 這是我每天念書的圖書館。

例句②括號內的字詞，乃是整段句子的補語。括號當中的where I study every day是在說明the library。換句話說，就是替the library加上說明，變成「**我每天念書的圖書館**」。這裡也可以拆分成兩句來看：

This is the library.
I study at the library every day.

在這兩個句子當中，它們的共同元素是圖書館，因此我們可以用關係代名詞which來合併句子，但是，下句還多了一個介系詞at，所以會變成at which；而at which這個講法，在形容地點時，可以簡化為關係副詞where。

因此，我們只要將下句的at the library改成where，附加在上句，就能造出例句②。

另外，上句的the library等同於下句去掉at的the library，所以下句的the library能夠改成which，轉換為：

This is the library which I study at every day.

或是：

This is the library at which I study every day.

由此可以看出，「**where =介系詞+關係代名詞**」。

沒有 at，就不能替換成 where

接著是不能使用關係副詞 where 的例句。

	主詞	動詞	補語
①	**The temple which I visited**	**was**	**old.**

→ 我曾造訪的那間寺廟很古老。

乍看之下，既然是在說場所，似乎也可以用 where 代替。但在拆分成兩句後會變成這樣：

The temple was old.
I visited the temple.

既然是同一個 temple，所以下句的 the temple 可以改成 which。可是由於句子中並沒有出現 at 或類似的介系詞，因此不能以 where 來轉換說法。

② 表時間的關係副詞

接下來是表時間的關係副詞 when。

關係副詞 when = in／at／on + which

主詞　動詞　補語

① **(The season when school festivals are held) is autumn.**

→ 舉行校慶的季節是在秋天。

關係副詞 when 的作用是**接在表示時間的詞句後面，用以說明前面的名詞（先行詞）**。

例句①括號內的字詞，乃是整段句子的主詞。括號中的 when school festivals are held（舉行校慶）用來說明 the season（那個季節），表示「**舉行校慶的季節**」。

這種句子的結構就和上一節 where 一樣。至於為什麼要用關係副詞 when，而不是關係代名詞 which，接下來將會說明原因。

我們再次將句子拆分成兩句看看：

The season is autumn.
School festivals are held in the season.

上句的the season等同於下句的in the season，所以下句的in the season可改成when，附加在上句的The season之後，就會變成例句①。這裡要特別注意的是，介系詞in要包含在內。

接著用關係代名詞which來改寫看看。上句的the season等同於下句的the season，所以下句的the season改成which，附加在上句的The season之後，會變成：

The season which school festivals are held in is autumn.

介系詞in也可以搬到which前面，變成下面這樣：

The season in which school festivals are held is autumn.

由此可以看出，**when＝介系詞＋關係代名詞**，也就和前面的where一樣。

我們再來看看另外一個例句。

主詞　動詞　補語

② Monday is (the day when we have a morning meeting).

→ 星期一是我們召開晨間會議的日子。

例句②括號內的字詞，乃是整段句子的補語。括號當中的when we have a morning meeting（召開晨間會議）是用來輔助說明the day（那個日子），表示「召開晨間會議的日子」。

這裡要再次將句子拆分成兩句，以檢視句子結構。

Monday is the day.
We have a morning meeting on the day.

上句的the day等同於下句的on the day，所以下句的on the day可以改成when，附加在上句後面，就會變成例句②。

若要用關係代名詞將這兩句合併成一句時，就要利用上句的 the day 和下句的 the day 相等的特性，將下句的 the day 改成 which，附加在上句後面，並且保留介系詞 on。

Monday is the day which we have a morning meeting on.

或是將介系詞 on 放在 which 的前面。

Monday is the day on which we have a morning meeting.

由此可以看出，這裡也依然是**when＝介系詞＋關係代名詞**的結構。

特殊關係副詞：why、the way、how

接下來，要談談特殊情況下使用的關係副詞。

主詞 動詞 補語

① **(The reason why he didn't come) is unknown.**

→ 不知道為什麼那時他沒有來。

如例句①所示，關係副詞why接在the reason後面，先行詞是the reason。括號內的字詞是整段句子的主詞，當中的why he didn't come（當時他沒有來）是在說明the reason（理由），表示「當時他沒有來的理由」。

接著也要將句子拆分成兩句，再來進行合併句子，拆開後會變成：

The reason is unknown.
He didn't come for the reason.

上句的The reason等同於下句的for the reason，所以下句的for the reason可以改成why，附加在上句的The reason之後，就形成例句①了。

接著，我們來看如何使用the way，具有「做法」、「方法」意思的關係副詞。

主詞　動詞　補語

② **This is (the way you use this coffee maker).**

→ 這是這臺咖啡機的使用方法。

括號內的字詞是整段句子的補語，當中的you use this coffee maker（使用這臺咖啡機）是為了說明the way（方法），用來表達「**這臺咖啡機的使用方法**」。

主詞 動詞 補語

③ **This is how you use this coffee maker.**

→ 這是這臺咖啡機的使用方法。

就如例句③所示，用來代替the way的是how。how用來表示「做法、方法」，只能修飾先行詞the way，但the way和how不能連用，因此只能省略先行詞the way。

實戰練習・1

將下方的中文翻譯成英文，並在每個括弧中填入一個單字。答案核對完畢後，請試著大聲唸出來。

主詞　動詞　補語

1. (　　) (　) the (　　　) (　　　) (　) (　) (　) (　　)
before.
→ 這是我以前工作過的辦公室。

主詞　動詞　補語

2. (　　　) (　) the (　) (　　) (　) (　　) tennis.
→ 星期六是我享受網球之樂的日子。

主詞　動詞　補語

3. (　) (　) the (　) in (　　　) (　) (　　　) (　) (　)
before.
→ 那是我住過的房子。

主詞　動詞　補語

4. (　　　) (　) the (　　) in (　　) (　) (　　) born.
→ 12月是我的出生月。

主詞　動詞　補語

5. (　) (　) the (　) (　) (　) (　) (　) from school.
→ 這是我缺席（be absent from～）沒去上課的理由。

主詞 動詞 補語

6. **The (　) (　) (　) (　) (　) beautiful.**

→ **她寫書法（calligraphy）的方式很美。**

〔解答〕

1. This is the office where I used to work before.
2. Saturday is the day when I enjoy tennis.
3. That is the house in which I used to live before.
4. December is the month in which I was born.
5. This is the reason why I was absent from school.
6. The way she writes calligraphy is beautiful.

3 非限定子句

最後是關係代名詞和關係副詞的非限定子句（亦稱非限定用法）。

關係代名詞的非限定子句

主詞　動詞　受詞

① **I have two sons who work as teachers.**

→ 我有兩個在當老師的兒子。

例句①的結構和先前學過的一樣，表達了我有兩個兒子「在當老師」。若是非限定子句，就會變成下面這樣：

主詞　動詞　受詞　修飾語

② **I have two sons, who work as teachers.**

→ 我有兩個兒子，他們都在當老師。

在 two sons 的後面加上逗號，屬於非限定子句，作用是替前面的部分補充說明。

兩者的差別在於，例句①的我除了「在當老師」的兩個兒子以外，可能還有其他孩子，但例句②就排除了這項可能性，而「我有兩個兒子，他們都在當老師」。

其實，只要把「, who」視為「and they」的代替品，就會很好理解了。

限定子句

I have two sons
who works as teachers.

非限定子句

I have two sons,
who works as teachers.

我們再來看看另外一個例子。

主詞 動詞 受詞 受詞

③ She gave me a book which was not very interesting.

→ 她給了我一本不太有趣的書。

主詞 動詞 受詞 受詞 修飾語

④ She gave me a book, which was not very interesting.

→ 她給了我一本書，那本書不太有趣。

例句③可以看出她給了我一本「不太有趣」的書，但或許還給了其他有趣的書。例句④則限定於「她給了我一本書」，而且那本書並不有趣。

換句話說，**她除了這一本書之外，並沒有再給其他書了**。這裡也一樣，如果把「, which」替換成「and it」之類詞句，就會很好理解了。

	主詞	動詞	補語	修飾語	修飾語
⑤	**He**	**wasn't**	**late**	**for school,**	**which I was surprised at.**

→ 他上學沒有遲到過，讓我很驚訝。

如同例句⑤所示，which承接了前面一整段句子，這時which的功能就是**用來替前面整段句子補充說明**。同樣的，這裡只要把子句想成「and it surprised me」或「and I was surprised」，就很好理解了。

關係副詞的非限定子句

關係副詞也一樣有非限定子句。

	主詞	動詞	修飾語	修飾語
①	Mary	came	to Japan,	where she studied Japanese.

→ 當時瑪莉來到日本，在那裡學習日文。

	主詞	動詞	受詞	修飾語	修飾語
②	I	was eating	breakfast	at 7:00,	when the lights went out.

→ 我 7 點正在吃早餐時，燈熄滅了。

由此可以看出，這兩句都和關係代名詞的非限定子句一樣，作用是替前面的內容做補充說明。

例句①的where替換成「and she studied Japanese there.」，就會很好理解，例句②的when則可以替換成and then（當時）。

今天的課程就到這裡結束。接下來是課後的實戰練習，請大家再加把勁，努力完成。

實戰練習・2

將下方的中文翻譯成英文，並在每個括弧中填入一個單字。答案核對完畢後，請試著大聲唸出來。

主詞　動詞　受詞　修飾語

1. (　) (　) (　) (　), (　) (　) in New York.

→ 我有3個女兒（daughters），她們住在紐約。

主詞　動詞　受詞　受詞　修飾語

2. (　) lent (　) (　) (　), (　) (　) wonderful.

→ 他借了我3片CD，那些CD真是棒極了。

主詞　動詞　修飾語　修飾語

3. Kate (　) (　) the sushi shop, (　) (　) (　) raw fish.

→ 凱特去了壽司店，在那裡吃了生魚片（raw fish）。

主詞　動詞　修飾語　修飾語　修飾語

4. (　) (　) (　) (　) at 10:00, (　) there (　) (　) (　).

→ 我10點上床睡覺，那時正好有地震（earthquake）。

【解答】

1. I have three daughters, who live in New York.
2. He lent me three CDs, which were wonderful.
3. Kate went to the sushi shop, where she ate raw fish.
4. I went to bed at 10:00, when there was an earthquake.

章末測驗

閱讀下面的對話小短文，將其中的中文句子翻譯成英文，並在底下的括弧中填入正確的單字。等核對答案完畢後，請試著大聲唸出全文數次。

①（我想去的國家是巴西。）
②（我想去那裡的原因有3個。）
First, I love soccer. I want to play soccer with Brazilians. Second, an exchange student from Brazil was in my class last year.
③（我想在夏天時去拜訪他，屆時我會有很多假期。）
Third, I know some Japanese went to Brazil to look for a better life many years ago. My grandmother's uncle was one of them.
④（我想和住在巴西的日裔巴西人聊天。）

主詞 動詞 補語

①. **The (　　)(　　　)(　　)(　)(　) go (　) Brazil.**

主詞 動詞 受詞

②. **There are three (　　　)(　)(　)(　)(　)(　) there.**

主詞　動詞　受詞　修飾語　修飾語

③. I want to visit him ( )( ), ( )( )( ) a lot of holidays.

主詞　動詞　修飾語　修飾語

④. I want to talk to Japanese-Brazilians, ( )( )( ) Brazil.

〔解答〕

①. The country where I want to go is Brazil.

②. There are three reasons why I want to go there.

③. I want to visit him in summer, when I have a lot of holidays.

④. I want to talk to Japanese-Brazilians, who live in Brazil.

〔章末測驗全譯〕

我想去的國家是巴西。
我想去那裡的原因有 3 個。
第一，我愛足球。我想和巴西人踢足球。
第二，去年我的班上有一個來自巴西的交換學生。
我想在夏天時去拜訪他，屆時我會有很多假期。
第三，我知道很多年前，一些日本人去巴西尋求更好的生活，我祖母的叔叔就是其中之一。
我想和住在巴西的日裔巴西人聊天。

第 9 天

搞懂分詞構句，英文精準表達

今天要挑戰的分詞構句，與第 10 天的假設語氣，被並列為高中英文的兩大難關。

話雖如此，還請大家放心，本書會透過詳細的步驟說明，教會大家使用分詞構句！

今天就學會這個！

- ☑ 用分詞構句，寫出表示時間、原因、條件、附帶狀況的詞句。
- ☑ 用連接詞，改寫成分詞構句。

① 表示時間、原因及條件的分詞構句

所謂的分詞構句，是指省略連接詞和共通的主詞，以現在分詞或過去分詞的形式，發揮類似副詞子句的作用。

分詞構句的基本形式是「現在分詞（V-ing）」、「過去分詞（p.p.）」，我們要先熟悉這個形式。

	修飾語	主詞	動詞	受詞	補語
①	When I got up this morning,	I	heard	my	mother call me.
	副詞子句	主要子句			

→ 當我今天早上起床時，我聽見媽媽在叫我。

例句①國中英文已學過，就是使用連接詞 when 表示「當～時」的句子。在這個句子當中，以「主詞（I）＋動詞（heard）」為中心的語塊，稱為主要子句；when 後面修飾（補充說明）主要子句的語塊，則稱為副詞子句。

不過，在改寫成分詞構句時，when 子句和主要子句其實同等重要，因此在這裡請大家先將 when 子句視為副詞子句。

首先，要將例句①中的連接詞 when 刪除。

*** I got up this morning, I heard my mother call me.**

接著，如果 when 子句中的主詞（此處為 I）和主要子句相同，那麼副詞子句的主詞就要刪除。

*** got up this morning, I heard my mother call me.**

再來，如果 when 子句的時態和主要子句相同，在開頭被省略後方主詞的動詞就要改寫成現在分詞（V-ing）（此處為 got → getting）。最後，再把後面的句子原封不動的接上去，就會形成以下句子。

修飾語　主詞　動詞　補語

② **Getting up this morning, I heard my mother call me.**

主要子句

→ 今天早上起床時，我聽見媽媽在叫我。

經過上述步驟，分詞構句就完成了。接著，我們再來看看另外一個例子。

修飾語 主詞 動詞 補語

③ When I was scolded by my teacher, I got upset.

副詞子句 主要子句

→ 當我被老師罵時，我覺得心煩意亂。

首先，和上一個例句一樣，要先刪除連接詞 when。

***I was scolded by my teacher, I got upset.**

再來，when 子句當中的主詞（此處為 I）和主要子句相同，所以要刪除。

***was scolded by my teacher, I got upset.**

接著，when 句子的時態和主要子句相同，所以開頭的動詞要改成 V-ing（此處為 was → being）。

Being scolded by my teacher, I got upset.

雖然這樣的句子也可以，不過 **being 後面有過去分詞時，可以直接省略 being**，所以能造出下面的句子：

修飾語 主詞 動詞 補語

④ Scolded by my teacher, I got upset.

主要子句

→ 被老師罵了，我覺得心煩意亂。

表示原因的連接詞和分詞構句

下一個要介紹的是表示原因的分詞構句。**即使要表示的意思變了，分詞構句的基本形式也不變**。換句話說，若要了解分詞構句的意思時，必須先看出分詞構句要表示的是時間、原因，還是其他的意思。

修飾語 主詞 動詞 修飾語 修飾語

① Because I stayed up late, I couldn't get up early this morning.

副詞子句 主要子句

→ 因為我熬了夜，所以我今天早上沒辦法早起。

如上所示，這是使用連接詞because，來表示「因為～」的句子。

STEP ① 刪除連接詞。

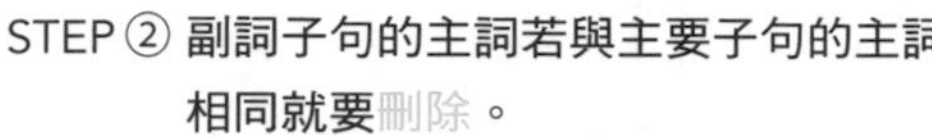

STEP ② 副詞子句的主詞若與主要子句的主詞相同就要刪除。

STEP ③ 副詞子句的時態若與主要子句相同，開頭的動詞就要改成 V-ing。

STEP ④ 接著放後面的句子。

我們再次套用前面的 4 個步驟，試著改寫句子看看。

	修飾語	主詞	動詞	修飾語	修飾語
②	**Staying up late,**	**I**	**couldn't get up**	**early**	**this morning.**
		主要子句			

→ 因為熬了夜，所以我今天早上沒辦法早起。

現在，我們再來改寫另外一個句子看看。

	修飾語	主詞	動詞	修飾語
③	**Because I was told to get better grades,**	**I**	**had to study**	**harder.**
	副詞子句	主要子句		

→ 因為別人叫我要拿到更好的成績，所以我必須更努力用功。

將前面的 4 個步驟套用在句子後，可以改寫如下：

Being told to get better grades, I had to study harder.

being 後面有過去分詞時，可以就此省略。

修飾語 主詞 動詞 修飾語

④ **Told to get better grades, I had to study harder.**

主要子句

→ 因為別人叫我要拿到更好的成績，所以我必須更努力用功。

表示條件的連接詞和分詞構句

接下來是表示條件的分詞構句。首先是使用連接詞 if 的句子。

修飾語 主詞 動詞

① **If I am free tomorrow, I will go shopping.**

副詞子句 主要子句

→ 假如我明天有空，我就會去逛街。

想按先前的 4 個步驟，把例句①改寫成分詞構句的讀者，可能會在步驟 3 卡住。因為兩個句子的時態必須一致，可是例句①卻不一致。

其實，If 子句當中有 tomorrow，就表示描述的內容是未來的事。只不過傳統文法有一個規則，那就是**表示條件的副詞子句必須用現在簡單式代替未來簡單式**，因此在這裡沒有使用未來簡單式，而是以現在簡單式來呈現。

所以，既然 If 子句說的是未來的事，那就和主要子句的時態相同，步驟 3 也就可以照樣套用如下了：

修飾語　主詞　動詞

② **Being free tomorrow, I will go shopping.**

主要子句

→ 明天有空的話，我就會去逛街。

我們再來看看另外一個例子。

修飾語　主詞　動詞　補語

③ **If stars are seen from here, they look beautiful.**

副詞子句　主要子句

→ 如果從這裡看過去，星星就會顯得很美麗。

現在套用4個步驟，將句子改寫如下：

Being seen from here, stars look beautiful.

雖然這樣的句子也可以，不過being後面有過去分詞時，可以直接省略being，所以可以再改成：

	修飾語	主詞	動詞	補語
③	**Seen from here,**	**stars**	**look**	**beautiful.**
		主要子句		

→ 從這裡看過去，星星就會顯得很美麗。

反過來說，如果要**將分詞構句重新改寫成有連接詞的句子**時，又該怎麼做呢？現在就用以下的分詞構句來分析看看吧。

	修飾語	主詞	動詞	補語
④	**Studying hard every day,**	**I**	**am getting**	**better at English.**
		主要子句		

→ 每天用功念書，我英文越來越好。

首先，**要是不會分詞構句，就無法反推出先前刪掉的連接詞**。假如句子是在表示時間，就該將when和while等詞彙放在最前面；假如要表示的是原因，就該放because或as等詞彙；而要表示的是條件時，就放if。

由於這個例句是要表示原因，所以該放because。

***Because studying hard every day, I am getting better at English.**

從這一句可以看出，副詞子句中並沒有主詞。沒有主詞，就表示副詞子句和主要子句當中的主詞相同。

現在，再將主要子句的主詞I，放到副詞子句。

Because I studying hard every day, I am getting better at English.

接下來，只要再將動詞的時態恢復成原狀就好了。在造分詞構句時，假如副詞子句和主要子句的時態同樣都是現在簡單式，動詞就會變成V-ing。因為副詞子句原來是現在簡單式，所以要改回現在簡單式。

	修飾語	主詞	動詞	補語
⑤	Because I study hard every day,	I	am getting	better at English.
	副詞子句	主要子句		

→ 因為每天用功念書，所以我的英文越來越好了。

實戰練習・1

請將以下的句子改寫成分詞構句。

(1) Because she was sick, she had to stay in bed all day.

(2) Because he likes watching movies, he knows about many movies.

(3) When I read that story, I felt sad.

(4) If he is free, he will help me.

【解答】

(1) Being sick, she had to stay in bed all day.

(2) Liking watching movies, he knows about many movies.

(3) Reading that story, I felt sad.

(4) Being free, he will help me.

實戰練習・2

請將以下分詞構句改寫成有連接詞的句子。

(1) Writing a report, I found it interesting to learn about something new.

(2) Being late, I ran to school.

(3) Watching TV, I forgot to do my homework.

〔解答〕

(1) After (When) I wrote a report, I found it interesting to learn about something new.

(2) Because I was late, I ran to school.

(3) Because I watched TV, I forgot to do my homework.

② 分詞構句①：after／because／If 子句

在前一節中，我們學到了分詞構句的基本功，接下來就是應用篇了。

	修飾語	主詞	動詞
①	**After I had finished my work,**	**I**	**went out.**
	副詞子句	主要子句	

→ 當我做完工作之後，我就外出了。

現在要將表示時間的連接詞after的子句，改寫成分詞構句。首先就和之前一樣，先刪除連接詞。

***I had finished my work, I went out.**

after子句當中的主詞和主要子句的主詞（I）相同，所以要刪除I。

***Had finished my work, I went out.**

接下來就和先前的步驟有點不同了。在例句①中，副詞子句的時態（過去完成式），比主要子句的時態（過去式）還要早。遇到這種時候，就一定要**藉由「having＋過去分詞（p.p.）」來表示時態較早**，而不是 V-ing。

再來，只要再加上後面的句子就可以了！

修飾語 主詞 動詞

② **Having finished my work, I went out.**

主要子句

→ 當時做完工作之後，我就外出了。

這樣一來，分詞構句就算改寫完成。

表示原因的連接詞和分詞構句〔應用篇〕

修飾語 主詞 動詞

① **Because I didn't have any money, I refused to go out.**

副詞子句 主要子句

→ 因為我沒錢了，所以我拒絕外出。

當副詞子句為否定句時，又要如何改成分詞構句呢？步驟就和前面學過的一樣，首先要刪除連接詞。

***I didn't have any money, I refused to go out.**

because 子句當中的主詞（I）和主要子句相同，所以要刪除 I。

***didn't have any money, refused to go out.**

because 子句的時態和主要子句的時態相同，照理說應該要把開頭的動詞改成 V-ing，不過如果**句子當中含有 not 時，not 就一定要搬到句首**。再來，只需直接把後面的句子寫出來即可。

修飾語　主詞　動詞

② **Not having any money, I refused to go out.**

主要子句

→ 沒錢了，我拒絕外出。

下一個要舉的例句，使用的是表示原因的連接詞，也有時態不一致的情況。

修飾語　主詞　動詞　受詞

③ Because he was a soccer player, he watches only soccer games.

副詞子句　主要子句

→ 因為他以前是足球選手，所以他只看足球比賽。

這裡的問題也是在步驟 3。because 子句的時態為過去簡單式，主要子句的時態為現在簡單式，前者比較早，所以開頭的動詞 was 要改成「having ＋過去分詞（p.p.）」。再來，只需直接把後面的句子寫出來即可。

修飾語　主詞　動詞　受詞

④ Having been a soccer player, he watches only soccer games.

主要子句

→ 他以前是足球選手，只看足球比賽。

表示條件的連接詞和分詞構句〔應用篇〕

接下來是句子將表示條件的連接詞的句子，改寫成分詞構句。雖然感覺有點傷腦筋，不過在看下去的同時，要記得對照剛才學過的分詞構句改寫法。

	修飾語	主詞	動詞
①	If it is sunny,	my family	will go on a picnic.
	副詞子句	主要子句	

→ 假如天氣晴朗，我們全家人將會去野餐。

首先，就和先前的例句一樣，要先刪掉連接詞If。接著就會發現，副詞子句的主詞和主要子句的主詞（it和my family）並不一致。這種時候，**副詞子句的主詞it必定要保留下來**。由於動詞的時態一致，所以這裡要改成V-ing。

	修飾語	主詞	動詞
②	It being sunny,	my family	will go on a picnic.
		主要子句	

→ 天氣晴朗的話，我們全家人將會去野餐。

接下來就要根據應用篇的內容，說明如何將複雜的分詞構句改回使用連接詞的句子。基本步驟就和前一節學過的一樣。

修飾語 主詞 動詞 修飾語

③ **Not having eaten my breakfast, I am hungry now.**

主要子句

→ 我沒吃早餐，現在很餓。

首先，要判斷句子的含意，再去選擇連接詞。這個分詞構句是要表達原因，所以改用連接詞的話，應該使用because。

***Because not having eaten my breakfast, I am hungry now.**

這個分詞構句沒有主詞，可見副詞子句的主詞和主要子句的主詞一樣。

***Because I not having eaten my breakfast, I am hungry now.**

會出現having＋過去分詞（p.p.），代表副詞子句的時態比主要子句還要早，由此可見副詞子句是過去簡單式。

***Because I not ate my breakfast, I am hungry now.**

上面的句子有not，必須改成否定句。

	修飾語	主詞	動詞	修飾語
④	**Because I didn't eat my breakfast,**	**I**	**am**	**hungry now.**
	副詞子句	主要子句		

→ 因為我沒吃早餐，所以我現在很餓。

實戰練習・3

請將以下的句子改寫成分詞構句。

(1) As I don't know her very well, I'm not sure she said such a thing.

(2) Because it was cold, I was wearing a coat.

(3) If Bill runs fast, everyone will elect him captain.

(4) Because Tom said nothing, they thought he disagreed with the plan.

(5) If my bike is broken, my uncle will kindly repair it.

【解答】

(1) Not knowing her very well, I'm not sure she said such a thing.

(2) It being cold, I was wearing a coat.

(3) Bill running fast, everyone will elect him captain.

(4) Tom saying nothing, they thought he disagreed with the plan.

(5) My bike being broken, my uncle will kindly repair it.

實戰練習・4

請將以下的分詞構句改寫成有連接詞的句子。

(1) Having done his homework, my brother went shopping with me.

(2) Weather permitting, we will go fishing.

(3) It being warm, we hope that spring will come soon.

(4) Written in easy English, the book was easy for me to read.

(5) Not having time, I said "good-bye" suddenly.

【解答】

(1) After (When) my brother had done his homework, he went shopping with me.

(2) If weather permits, we will go fishing.

(3) Because it is warm, we hope that spring will come soon.

(4) Because the book was written in easy English, it was easy for me to read.

(5) Because I didn't have time, I said "good-bye" suddenly.

③ 分詞構句②：表同時發生、連續動作／with 子句

接下來要介紹分詞構句的細微變化。

表示同時發生的分詞構句

① **She**（主詞） **entered**（動詞） **the room,**（受詞） **singing a song.**（修飾語）

She entered the room：主要子句

→ 她一邊唱歌，一邊走進房間。

② **The girls**（主詞） **are cycling,**（動詞） **talking to each other.**（修飾語）

The girls are cycling：主要子句

→ 這些女孩一邊聊天，一邊騎腳踏車。

目前介紹過的分詞構句中，V-ing 的分詞都是接在主要子句的前面，然而如果是用來表示「**一邊～，一邊～**」的分詞構句，大多要把分詞放在主要子句的後面。

表示連續動作的分詞構句

修飾語　主詞　動詞　修飾語

① **Taking NTD80 from his pockets, he paid for the bread.**

主要子句

→ 他從口袋中掏出80元，付了麵包錢。

這個分詞構句是表示**動作連續發生的先後順序關係**。假如硬要使用連接詞改寫，則要以 and 變更如下：

He took out NTD80 from his pockets and paid for the bread.

表附帶狀況 with 的分詞構句

主詞　動詞　修飾語　修飾語

① **She sat on the chair, with her legs crossed.**

主要子句

→ 當時她坐在椅子上，雙腿交叉。

主詞 動詞 修飾語 修飾語

② **He got out of the car, with the engine still running.**

主要子句

→ 當時他下了車，引擎還在運轉。

利用「with＋名詞（代名詞）＋分詞」，就會替句子加上「**處於with後面的狀態當中**」的意思。

至於最後面的分詞，究竟是要改成現在分詞，還是過去分詞，取決於with之後的名詞（代名詞）與最後面的動詞之間的關係。

例句①的雙腿是「被交叉」的坐著，**屬於被動的關係**，所以會是過去分詞crossed。而例句②是在引擎處於「正在運轉」的狀態中下了車，所以會是現在分詞running。

接著，就來進行今天最後的複習吧。

實戰練習・5

將下方的中文翻譯成英文，並在每個括弧中填入一個單字。答案核對完畢後，請試著大聲唸出來。

主詞 動詞 受詞 修飾語

1. My (　　) (　　) his (　　) (　　) (　) (　　).

→ 我的弟弟一邊聽音樂，一邊打掃了他的房間。

主詞 動詞 受詞

2. Kate (　　) (　　) (　　) (　　) (　　) (　　),

修飾語

(　　) her eyes (　　).

→ 當時凱特雙眼發光，看著接下來會發生什麼事。

修飾語 主詞

3. (　　) (　　) (　　) from her mother, she

修飾語 動詞 修飾語

soon (　　) (　　) home.

→ 她看了她媽媽寄來的電子郵件，馬上就起身回家。

〔解答〕

1. My brother cleaned his room listening to music.
2. Kate was watching what happened next, with her eyes shining.
3. Reading the email from her mother, she soon left for home.

章末測驗

閱讀下面的對話小短文，將其中的中文句子翻譯成英文，並在底下的括弧中填入正確的單字。等核對答案完畢後，請試著大聲唸出全文數次。

①（我們在日常生活中用掉很多能源。）
For example, we produce a lot of CO_2, a greenhouse gas, by driving.
②（因為溫室氣體增加〔increase〕，所以地球的氣溫在上升。）
③（因為南極和北極的冰在融化，所以海平面在上升。）
It is said that some islands will be under the sea during the next few decades.
④（考慮到這些事情，我們勢必要採取行動。）

主詞 動詞 受詞 修飾

①. **We use a lot of energy (　　)(　　)(　　)(　　).**

修飾語

②. **(　　　) greenhouse gases (　　)(　　　　　),**

主詞 動詞

the earth's temperature is rising.

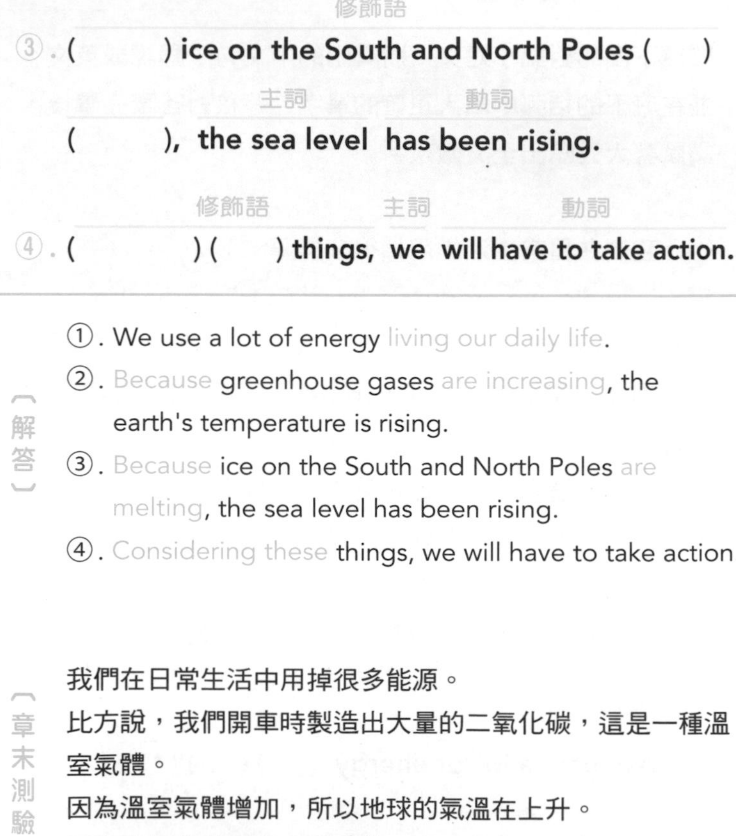

修飾語
③. (   ) ice on the South and North Poles (   )
主詞 動詞
(   ), the sea level has been rising.
修飾語 主詞 動詞
④. (   ) (   ) things, we will have to take action.

〔解答〕

①. We use a lot of energy living our daily life.

②. Because greenhouse gases are increasing, the earth's temperature is rising.

③. Because ice on the South and North Poles are melting, the sea level has been rising.

④. Considering these things, we will have to take action.

〔章末測驗全譯〕

我們在日常生活中用掉很多能源。

比方說，我們開車時製造出大量的二氧化碳，這是一種溫室氣體。

因為溫室氣體增加，所以地球的氣溫在上升。

因為南極和北極的冰在融化，所以海平面在上升。

據說一些小島將會在這幾十年內沉到海平面以下。

考慮到這些事情，我們勢必要採取行動。

第 10 天

If條件句的假設語氣

漫長的高中英文，終於來到了最後一天！我們的課程就要以假設語氣收尾了。假設語氣與分詞構句並列為高中英文的兩大難關，是英語獨有而中文所沒有的文法，許多人特別容易在此陷入瓶頸。我們要認真學習，以避免受挫失敗！

今天就學會這個！

- ☑ 寫出假設語氣過去簡單式的基本句型。
- ☑ 寫出假設語氣過去完成式的基本句型。
- ☑ 不用 if，就能寫出假設語氣過去簡單式的句型。
- ☑ 不用 if，就能寫出假設語氣過去完成式的句型。

1 假設語氣的過去簡單式、過去完成式

假設語氣過去簡單式的句子會說「假如～」，**表與現在事實相反的事情**，再描述其結果。

既然是假設與現在事實相反的事情，一定就和假設「**現在可能會發生的情況**」有所不同（現在沒有發生）。為了讓大家徹底理解這一點，請試著分辨以下的句子中，有哪些可用假設語氣的過去簡單式表示，而哪些則不行。

（a）假如明天下雨，我會待在家裡。

（b）假如我是你，就不會做那種事。

（c）假如明天他缺席，我就打電話給他。

（d）假如我有3億元，我就會辭掉工作。

（e）假如他去太空旅行，他就不會回地球了。

各位知道哪些句子不能以假設語氣過去簡單式表示嗎？

答案是（a）和（c）。因為（a）的「明天下雨」是**可能實現的**，而（c）的「明天他缺席」也可以視為一種可能性。

反觀（b）的「我是你」，就是**不可能發生的**事情，

而（d）和（e）或許有萬分之一的機率發生，不過（d）和（e）的假設通常是在描述與現在事實相反的事情。因此，應該用假設語氣過去簡單式撰寫的句子是（b）、（d）及（e）。

那麼，我們就實際來看看假設語氣過去簡單式的句型。

修飾語　主詞　動詞　修飾語

① **If I had three million NT dollars, I would travel all over the world.**

If 子句　主要子句

→ 假如我有 300 萬元，我就會去環遊世界。

我將假設語氣過去簡單式句型的基本規則歸納如下：

If ＋主詞＋動詞，主詞＋ would／could ＋原形動詞
（過去簡單式）
$ $ $
假如～，就會……
過去……現在

例句①表示的假設是「（雖然現在我沒有300萬元，但是）假如我有300萬元，我就會去環遊世界」。要記住，**當If子句中的動詞使用過去簡單式時，主要子句就要使用would＋原形動詞**。

修飾語　主詞　動詞　受詞

② **If I were you, I wouldn't do such a thing.**

If子句　主要子句

→ 假如我是你，我就不會做那種事。

例句②的假設是「（雖然我不是你，但是）假如我是你，我就不會做那種事」。不過，許多初學者在這裡會有所疑惑，以為條件子句中的I後面應該接單數的was，但是**在假設語氣（與現實相反）的狀況下，「if＋主詞」後面接be動詞時，一定得使用were**，請大家務必特別注意。如果主要子句是would＋原形動詞的否定句，就必須使用wouldn't＋原形動詞。

修飾語 主詞 動詞 受詞 修飾語

③ **If I were taller, I could play basketball better.**

If 子句 主要子句

→假如我長得更高一些，我籃球就能夠打得更好一點。

例句③的主要子句是用could代替would。想要像「籃球就能夠打得更好」一樣，在句子中**加入「能夠」的含意**時，就可以使用could。

假設語氣的過去完成式

假設語氣的過去完成式指的是，「**與過去事實相反的假設，且過去沒有發生**」。那麼，我們馬上來看看例句。

修飾語 主詞 動詞 受詞 修飾語

① **If I had known her address, I would have written a letter to her.**

If 子句 主要子句

→假如當時我知道她的住址，我就會寫信給她了。

假設語氣過去完成式的基本句型歸納如下：

在例句①中，「假如當時我知道她的住址」的「假如當時」部分是過去完成式，也就是**had ＋過去分詞（p.p.）**的形式，所以會變成 had known。

另外，「寫信」（實際上沒寫）的部分應該使用「**would have ＋過去分詞（p.p.）**」的形式，所以會寫成 would have written。

	修飾語	主詞	動詞	修飾語
②	If I had been healthy,	I	would have gone jogging	in the park.
	If 子句	主要子句		

→ 假如當時我很健康，我就會去公園慢跑了。

在例句②中，「假如當時我很健康」（其實當時並不健康）帶有be動詞，寫成had been healthy，屬於過去完成式。「我就會去公園慢跑了」的部分則是使用would have＋過去分詞的形式，所以會變成would have gone jogging。

	修飾語	主詞	動詞	受詞
③	If I had gotten up earlier,	I	could have caught	the train.
	If 子句	主要子句		

→ 假如當時我早點起床，我就能夠趕上那班火車了。

例句③使用的並不是would have＋過去分詞（p.p.），而是**could have＋過去分詞（p.p.）**。

想要表達類似「就能夠～」之類的「能夠」語感時，就要使用could have＋過去分詞（p.p.）。

今天要複習得勤快一點。先來解一下練習題，請針對下一頁的兩種基本句型作答。

實戰練習・1

將下方的中文翻譯成英文，並在每個括弧中填入一個單字。答案核對完畢後，請試著大聲唸出來。

修飾語 主詞 動詞

1. ( ) it ( ) sunny, ( )( )( )( ).

→ 假如天氣晴朗（實際上是在下雨），我就會外出了。

修飾詞 主詞 動詞 修飾語

2. ( )( )( ) a lot of money, ( )( )( ) around the world.

→ 假如我有一大筆錢，我就會去環遊世界。

修飾語 主詞 動詞 受詞

3. ( ) I ( )( ) that book, I ( )( )( ) his question.

→ 假如我曾經讀過那本書，我就能夠回答他的問題了。

修飾語 主詞 動詞 受詞

4. ( ) I ( )( )( ) then, we ( )( )( ) each other.

→ 假如那時我沒有遇見你，我們就不會相愛了。

〔解答〕

1. If it were sunny, we would go out.
2. If I had a lot of money, I would travel around the world.
3. If I had read that book, I could have answered his question.
4. If I hadn't met you then, we wouldn't have loved each other.

2 假設語氣①：If I had～, I would／should／were to

在接下來的兩個子句，**If子句都屬於假設語氣過去完成式（也就是與過去事實相反的假設），而主要子句則屬於假設語氣過去式（描述與現在事實相反的願望）**。

If子句與主要子句不同時態

	修飾語	主詞	動詞	補語	修飾語
①	If I had practiced soccer harder,	I	would be	a starting member	now.
	If子句	主要子句			

→ 假如我更努力練習足球，我現在就是先發球員了。

	修飾語	主詞	動詞	修飾語
②	If I had gotten up earlier,	I	would be	there now.
	If子句	主要子句		

→ 假如我早點起床，我現在就會在那裡了。

If子句要表達的是「如果我以前～」，主要子句則是描述「現在就～了」的願望。would和could可以靈活運用，如果想要強調「假如當時怎樣，就能夠～」和「能力」時，就使用could。

假設語氣當中省略If

目前所學到的句子裡，If都是可以省略的。

修飾語 主詞 動詞 受詞

① **Were I you, I wouldn't do such a thing.**

主要子句

→ 假如我是你，我就不會做那種事。

把If省略之後，If I were you並不會直接變成I were you，而是要改成疑問句的形式。換句話說，**be動詞要搬到前面，變成「Were I you」的形式**（Were I you此用法偏正式，目前較少使用）。

修飾語 主詞 動詞 受詞 修飾語

② **Had I known her address, I would have written a letter to her.**

主要子句

→ 假如當時我知道她的住址，我就會寫信給她了。

假設語氣過去完成式也一樣，把If I had known her address的if省略之後，並不會變成I had known her address，而是要改以疑問句的形式呈現為 Had I known her address。

should 與 were to

修飾語 / 動詞 受詞 補語 修飾語

① If you should be unable to come, let me know as soon as possible.

If 子句 / 主要子句

→ 萬一你不能來，要盡快讓我知道。

例句①稱為「**萬一型 should**」，用來表達「萬一你不能來」的假設。這種用法只限於「If＋主詞＋should～」的句子，主要子句也可以用一般的直述句。

修飾語 / 主詞 動詞 受詞

② If I were to win 30 million NT dollars, I would quit my job.

If 子句 / 主要子句

→ 假如我中了 3 千萬元，我就會辭掉工作。

例句②是藉由「were to」表示「**如果真的～**」這種可行性低的假設，屬於假設未來的形式。

實戰練習・2

將下方的中文翻譯成英文，並在每個括弧中填入一個單字。答案核對完畢後，請試著大聲唸出來。

修飾語

1. ( )( )( )( ) more about Japanese culture,

主詞 動詞 受詞

( ) ( )( ) these questions.

→ 假如當時我學過更多日本文化，我就能夠回答這些問題了。

修飾語 主詞 動詞 受詞 修飾語

2. ( )( )( ), ( )( )( ) English harder.

→ 假如我是你，我就會更用功念書。

修飾語 主詞 動詞

3. ( )( )( )( ), my family ( )( )( )

補語

on a picnic.

→ 假如天氣晴朗，我們全家人就會去野餐了

修飾語 主詞 動詞 補語

4. ( )( )( )( )( ) her, ( )( )( ) very happy.

→ 假如湯姆能見到她，他會非常開心。

修飾語 主詞 動詞 修飾語

5. ( )( )( ) pass the audition, ( ) ( )( ) to Tokyo.

→ 萬一我通過這次試鏡，我將會去東京。

〔解答〕

1. If I had learned more about Japanese culture, I could answer these questions.
2. Were I you, I would study English harder.
3. Had it been sunny, my family would have gone on a picnic.
4. If Tom were to meet her, he would be very happy.
5. If I should pass the audition, I will go to Tokyo.

③ 假設語氣②：I wish I were／had／as if

這裡要學習的是「**我希望我～**」的句型，採用的形式是「I + wish +（that）主詞＋動詞的過去式」。

主詞 動詞 受詞（that 子句）

① **I wish I were rich.**

→ 我希望我很富有。

主詞 動詞 受詞（that 子句）

② **I wish I could fly in the sky.**

→ 我希望我能夠在天空中飛翔。

雖然 wish（希望）的後面會接 that 子句，但往往會省略 that，並不會寫出來。

例句①是「（雖然實際上並不富有，但是）我希望我很富有」，例句②是「（雖然我不會飛，但是）我希望我能夠在天空中飛」，兩者都是用在**表示不可能實現的願望**時。若想要明確點出「能夠」的意思，就要像例句②一樣使用 could。

I wish I had～的句型

前面的「I wish I were～」句型，是用來表示「**我希望我～**」這種與現實相差甚遠的願望；至於現在要學習的句型，則是「**要是我～就好了**」，用來描述**與過去事實相反的願望**，採用的形式是「I＋wish＋（that）主詞＋had＋過去分詞（p.p.）」。

主詞　動詞　受詞（that子句）

① **I　wish　I had eaten breakfast.**

→ 要是我吃過早餐就好了。

主詞　動詞　受詞（that子句）

② **I　wish　I had won the game.**

→ 要是我贏得那場比賽就好了。

這裡也一樣，雖然wish（希望）的後面要接that子句，但通常會省略that，實際上並不會寫出來。

例句①是「（雖然之前沒吃早餐，但是）要是我吃過早餐就好了」，例句②則是「（雖然在那場比賽中落敗，但是）要是我贏得那場比賽就好了」，可以看出兩者都是在描述**與過去事實相反的願望**。

as if：就像是

接下來要介紹的是表示「**就像是～**」的as if句型。

主詞　動詞　修飾語

① **He talks as if he knew everything about it.**

→ 他說得就像他無所不知一樣。

只要如同例句①一般，將as if句型當中的動詞改成過去式，就可以舉出**與現在事實不同的比喻**。就像例句①的意思會變成「（雖然他並非無所不知，但是）他說得就像他無所不知一樣」。

主詞　動詞　修飾語

② **She looked as if she had seen a ghost.**

→ 她看起來就像是遇到了鬼。

將as if子句中的動詞改成過去完成式，就可舉出與過去事實不同的比喻。如例句②要表示的意思就是「**（雖然她實際上沒遇到鬼，但是）她看起來就像是遇到了鬼**」。

實戰練習・3

將下方的中文翻譯成英文，並在每個括弧中填入一個單字。答案核對完畢後，請試著大聲唸出來。

主詞 動詞 受詞

1. ( )( )( )( )( ).

→ 我希望我能更聰明。

主詞 動詞 修飾語

2. I feel ( )( )( )( ) flying in the sky.

→ 我覺得我就像是在天空中飛翔。

主詞 動詞 受詞

3. ( )( )( )( )( ) my best.

→ 要是我盡全力就好了。

主詞 動詞 修飾語

4. ( )( )( )( )( )( )( )( )( ) a doll.

→ 我就像是玩偶一樣動彈不得。

〔解答〕

1. I wish I were smarter.
2. I feel as if I were flying in the sky.
3. I wish I had done my best.
4. I couldn't move as if I had been a doll.

4 假設語氣③：to 不定詞／it's time～

我們繼續來看看假設語氣的應用表達法。

以 to 不定詞表示假設

修飾語 主詞 動詞

To hear her talk, you would think

主要子句

受詞

that she was a native speaker of English.

主要子句

→ 聽她說話，你會以為她是英文母語者。

類似這樣，目前所學過的假設語氣的 If 子句，都可以改成用 to 不定詞來表達。假如把 To hear her talk 回復成一般句子，就會是 If you heard her talk。

if it were not for～：假如沒有～

接表是假設語氣中的「**假如沒有～**」表達法。

	修飾語	主詞	動詞
①	If it were not for water,	we	couldn't live there.
	If 子句	主要子句	

→ 假如沒有水，我們就不能在那裡過活。

例句①是藉由假設語氣過去式，來表達「假如沒有～」的假設。「If it were not for～」是慣用語，而「but for～」和「without～」的含意就等同於「if it were not for～」一樣，所以可以作為替代。

	修飾語	主詞	動詞	受詞
②	If it had not been for your help,	we	couldn't have finished	the job.

→ 假如當時沒有你的幫忙，我們就不能完成工作。

例句②是將 If it were not for 改成假設語氣過去完成式的樣子，藉由 if it had not been for，表示「**假如當時沒有～**」的含意。

but for 和 without～也可以直接用在假設語氣過去完成式上，就**和 If it had not been for 的意思相同**。

it's time～：～的時間

接著是「**現在是～的時間**」的表達法。

主詞 動詞 補語 真主詞

① **It is time you went to bed.**

→ 現在是你該睡覺的時間了

例句①的句型是「It is time＋主詞＋動詞（過去式）」，用來表達「**現在是 S 該 V 的時間**」的意思。

終於到了本書最後複習的時間了，請大家務必要全部答對，來為本課程畫下完美句點！

實戰練習・4

將下方的中文翻譯成英文，並在每個括弧中填入一個單字。答案核對完畢後，請試著大聲唸出來。

修飾語 主詞 動詞

1. （ ）（ ）（ ）（ ），you（ ）（ ）

受詞

that he was injured.

→ 看他跑步，你不會想到他曾經受過傷。

修飾語 主詞 動詞

2. (   )(   )(   )(   )(   ) air, we (   )(   )

修飾語

on the earth.

→ 假如沒有空氣，我們就不可能在地球上生活。

主詞 動詞 補語 真主詞

3. (   )(   )(   ) you (   ) working.

→ 現在是你們該開始工作的時間了。

修飾語 主詞 動詞

4. (   )(   ) your advice, we (   )(   )(   ).

→ 假如當時沒有你的忠告，我們就不會成功。

〔解答〕

1. To see him run, you wouldn't think that he was injured.
2. If it were not for air, we couldn't live on the earth.
3. It is time you started working.
4. But for your advice, we wouldn't have succeeded.

章末測驗

閱讀下面的對話小短文，將其中的中文句子翻譯成英文，並在底下的括弧中填入正確的單字。等核對答案完畢後，請試著大聲唸出全文數次。

It is said that there are about 6,000 languages in the world.

①（假如要我選一種語言去學，我會選韓文。）

I have a friend in Korea, and she speaks Chinese very well.

②（她說起話來就像是中文母語者一樣。）

I can't speak Korean.

③（我希望我會說韓文。）

④（我希望之前可以在學校學韓文。）

From now on, I learn Korean from my friend.

修飾語

①. (　)(　)(　) **to choose one language to learn,**

主詞　動詞　受詞

(　)(　)(　) **Korean.**

主詞　動詞　修飾語

②. **She talks** (　)(　)(　)(　) **a native speaker of Chinese.**

〔解答〕

①. If I had to choose one language to learn, I would choose Korean.

②. She talks as if she were a native speaker of Chinese.

③. I wish I could speak Korean.

④. I wish I could have learned Korean at school.

〔章末測驗全譯〕

據說世界上約有 6,000 種語言。
假如要我選一種語言去學，我會選韓文。
我有一個朋友在韓國，而且她中文說得非常好。
她說起話來就像是中文母語者一樣。
我不會說韓文。
我希望我會說韓文。
我希望之前可以在學校學韓文。
從現在起，我要向我的朋友學韓文。

後記　活用文法規則，口語表達更順暢

寫完第10天的假設語氣，讓我想起自己第一次學習假設語氣，以及第一次將假設語氣應用於正式書面文件的情景。

假設語氣是我在高中一年級時，從文法參考書上得知的。當時感受到的文化衝擊，至今還記憶猶新，完全沒想過竟然還有這樣的文法規則！

直到我在高中執教的第4年夏天，決心報考哥倫比亞大學師範學院的時候，才有正式應用英文的機會。當時為了索取應考資料，我在信件的最後面寫道：

"I would be happy if you could send me an application form as soon as possible."

我們透過學校的教科書、文法參考書，以及像拙作這樣的速學書籍，學習了許多中文沒有的外語文法規則。與一個又一個的規則相遇，是學習外文最有趣的地方，讓我們生活中的語言更豐富。

而在實際的溝通情境中使用過後，我們就更能體會到文法規則的生動活潑。

後來，在我與英語文獻奮戰的過程中，我發現高中英文要學的分詞構句，其實在實際溝通時也經常會應用到。

我也有類似這樣學以致用的經驗，因此逐漸認為應該把高中英文視為「表達的語言」，讓更多人學習。

藉由拙作的引領，我希望能讓讀者與許多迥異於中文的英文文法規則相遇。如果可以的話，期盼大家都能夠確實累積活用的機會，讓生活中的語言更為豐富。

10days...

國家圖書館出版品預行編目（CIP）資料

10天救回高中英文：國中沒學好，從此跟不上？用你一定可以理解的順序編排，速學技巧，學校搶著用。／岡田順子著；李友君譯. -- 初版. -- 臺北市：大是文化有限公司，2021.09
352頁；14.8×21公分. --（Style；50）
譯自：わかりやすい順番で【10日間】学び直し高校英語
ISBN 978-986-0742-40-4（平裝）

1. 英語　2. 語法

805.16　　110008613

Style 050

10天救回高中英文

國中沒學好，從此跟不上？
用你一定可以理解的順序編排，速學技巧，學校搶著用。

作　　　者／岡田順子
譯　　　者／李友君
責 任 編 輯／黃凱琪
特 約 編 輯／鍾惠萍
校 對 編 輯／李芊芊
美 術 編 輯／林彥君
副 總 編 輯／顏惠君
總　編　輯／吳依瑋
發　行　人／徐仲秋
會　　　計／許鳳雪
版 權 專 員／劉宗德
版 權 經 理／郝麗珍
行 銷 企 劃／徐千晴
業 務 助 理／李秀蕙
業 務 專 員／馬絮盈、留婉茹
業 務 經 理／林裕安
總　經　理／陳絜吾

出　版　者／大是文化有限公司
臺北市100衡陽路7號8樓
編輯部電話：（02）23757911
讀 者 服 務／購書相關資訊請洽：（02）23757911　分機122
24小時讀者服務傳真：（02）23756999
讀者服務E-mail: haom@ms28.hinet.net
郵政劃撥帳號／19983366　戶名：大是文化有限公司

法 律 顧 問／永然聯合法律事務所
香 港 發 行／豐達出版發行有限公司 Rich Publishing & Distribut Ltd
地址：香港柴灣永泰道70號　柴灣工業城第2期1805室
Unit 1805, Ph. 2, Chai Wan Ind City, 70 Wing Tai Rd, Chai Wan, Hong Kong
電話：21726513　傳真：21724355
E-mail：cary@subseasy.com.hk

封面設計・插畫／季曉彤
內 頁 排 版／黃淑華
印　　　刷／鴻霖印刷傳媒股份有限公司

出 版 時 間／2021年9月初版
ISBN 978-986-0742-40-4
電子書 ISBN／9789860742749（PDF）
9789860742763（EPUB）

Printed in Taiwan
定價／新臺幣450元
（缺頁或裝訂錯誤的書，請寄回更換）